कहानियों के आईने में जीवन कौशल

(21वीं सदी के जीवन कौशलों पर आधारित कहानियाँ)

नवल किशोर सोनी

कहानियों के आईने में जीवन कौशल

(21वीं सदी के जीवन कौशलों पर आधारित कहानियाँ)

Author : Advocate Naval Kishor Soni
E-mail- navalkishor.s@gmail.com

कहानियों के आईने में जीवन कौशल (21वीं सदी के जीवन कौशलों पर आधारित कहानियाँ) by Naval Kishor Soni

अनुक्रम

लेखक की ओर से

मनुष्य का जीवन निरंतर सीखने, समझने और स्वयं को विकसित करने की यात्रा है। शिक्षा का वास्तविक उद्देश्य भी केवल पुस्तकीय ज्ञान देना नहीं, बल्कि ऐसे व्यक्तित्व का निर्माण करना है जो जीवन की विविध परिस्थितियों में सही निर्णय ले सके, समस्याओं का समाधान कर सके, सृजनात्मक ढंग से सोच सके और चुनौतियों का सामना करते हुए आगे बढ़ सके। इसी दृष्टि से आज के समय में जीवन कौशल शिक्षा (Life Skills Education) का महत्व अत्यंत बढ़ गया है।

इक्कीसवीं सदी को अक्सर ज्ञान, नवाचार और तीव्र परिवर्तन की सदी कहा जाता है। आज का विद्यार्थी जिस दुनिया में बड़ा हो रहा है, वह पहले की तुलना में कहीं अधिक जटिल, प्रतिस्पर्धात्मक और परिवर्तनशील है। तकनीकी विकास, सामाजिक परिवर्तन और वैश्विक चुनौतियों ने जीवन के स्वरूप को बदल दिया है। ऐसे समय में यह आवश्यक हो जाता है कि विद्यार्थियों को केवल विषयगत ज्ञान ही न दिया जाए, बल्कि उन्हें ऐसे जीवन कौशल भी सिखाए जाएँ जो उन्हें जीवन की वास्तविक परिस्थितियों में सक्षम और आत्मनिर्भर बना सकें।

जीवन कौशल शिक्षा का मूल उद्देश्य विद्यार्थियों में ऐसी क्षमताओं का विकास करना है, जिनकी सहायता से वे स्वयं को समझ सकें, अपने विचारों और भावनाओं को पहचान सकें तथा जीवन की समस्याओं का विवेकपूर्ण समाधान खोज सकें। स्व-जागरूकता (Self-Awareness), समस्या समाधान (Problem Solving), सृजनात्मक चिंतन (Creative Thinking), क्रिटिकल थिंकिंग (Critical Thinking), हायर ऑर्डर थिंकिंग (Higher Order Thinking) और लचीलापन या दृढ़ता (Resilience) जैसे कौशल आज के समय में प्रत्येक बालक-बालिका के समग्र विकास के लिए अत्यंत आवश्यक हैं। ये कौशल न केवल उनके

शैक्षणिक जीवन को समृद्ध करते हैं, बल्कि उन्हें सामाजिक, भावनात्मक और नैतिक रूप से भी सशक्त बनाते हैं।

इसी विचार को ध्यान में रखते हुए इस कहानी संग्रह की रचना की गई है। इस संग्रह में सम्मिलित कहानियाँ केवल मनोरंजन के लिए नहीं हैं, बल्कि वे जीवन के गहरे संदेशों और अनुभवों को सरल और सहज रूप में प्रस्तुत करती हैं। प्रत्येक कहानी में ऐसे प्रसंग और पात्र हैं जो विद्यार्थियों को सोचने, समझने और सीखने के लिए प्रेरित करते हैं। इन कहानियों के माध्यम से यह प्रयास किया गया है कि विद्यार्थी स्वयं अपने अनुभवों से सीखें और जीवन कौशलों की महत्ता को महसूस करें।

इस संग्रह की कहानियों में प्रस्तुत बाल पात्र सामान्य परिवेश से आते हैं। वे भी हमारी ही तरह साधारण परिवारों, गाँवों और समाज से जुड़े हुए हैं। लेकिन उनकी विशेषता यह है कि वे जीवन की परिस्थितियों को केवल स्वीकार नहीं करते, बल्कि अपने साहस, बुद्धिमत्ता और रचनात्मकता के माध्यम से उन्हें बदलने का प्रयास करते हैं। उनके अनुभवों में हमें यह दिखाई देता है कि छोटी-सी सोच, एक नया विचार या दृढ़ निश्चय किस प्रकार जीवन में सकारात्मक परिवर्तन ला सकता है।

उदाहरण के लिए, किसी कहानी का पात्र अपनी परिस्थिति को समझते हुए स्व-जागरूकता का परिचय देता है, तो कोई अन्य पात्र किसी समस्या का समाधान खोजने के लिए समस्या समाधान कौशल का उपयोग करता है। कहीं विद्यार्थियों की कल्पना शक्ति और कला के माध्यम से सृजनात्मक चिंतन का विकास दिखाई देता है, तो कहीं कठिन परिस्थितियों का सामना करते हुए Resilience अर्थात दृढ़ता और धैर्य का परिचय मिलता है। इसी प्रकार कई कहानियाँ विद्यार्थियों को यह भी सिखाती हैं कि किसी भी बात को आँख मूँदकर स्वीकार करने के बजाय उस पर विचार करना, तर्क करना और सही निष्कर्ष तक पहुँचना कितना आवश्यक है। यही आलोचनात्मक चिन्तन और उच्च स्तरीय चिन्तन (HOT) की आधारशिला है।

यह भी ध्यान देने योग्य है कि जीवन कौशल केवल सैद्धांतिक विषय नहीं हैं जिन्हें केवल पुस्तकों के माध्यम से समझाया जा सके। वास्तव में ये कौशल अनुभव, संवाद और अभ्यास के माध्यम से विकसित होते हैं। इसलिए कहानियाँ जीवन कौशल शिक्षा का एक अत्यंत प्रभावी माध्यम बन सकती हैं। कहानी पढ़ते समय विद्यार्थी स्वयं को पात्रों के साथ जोड़ लेते हैं, उनके अनुभवों को महसूस करते हैं और उनसे प्रेरणा प्राप्त करते हैं। इस प्रकार कहानी केवल मनोरंजन नहीं करती, बल्कि सीखने की प्रक्रिया को भी सहज और रोचक बना देती है।

यह कहानी संग्रह इसी विश्वास पर आधारित है कि कहानियाँ विद्यार्थियों के मन और विचारों को सकारात्मक दिशा देने की शक्ति रखती हैं। एक उम्र के बाद यदि कहानी के माध्यम से विद्यार्थियों को पढ़ने का आनन्द, जीवन के मूल्य और कौशल सिखाए जाएँ, तो वे उन्हें अधिक सहजता से समझ सकते हैं और अपने जीवन में अपनाने का प्रयास भी करते हैं। इस पुस्तक की प्रत्येक कहानी में निहित जीवन कौशलों को इस प्रकार प्रस्तुत किया गया है कि विद्यार्थी कहानियों को पढ़ते हुए स्वयं अनुभव करें और उनसे प्रेरणा ग्रहण करें साथ ही पढ़ने का आनन्द भी लें।

इस संग्रह का उद्देश्य केवल विद्यार्थियों तक सीमित नहीं है। यह पुस्तक शिक्षकों, अभिभावकों और शिक्षा से जुड़े सभी लोगों के लिए भी उपयोगी हो सकती है। शिक्षक इन कहानियों का उपयोग कक्षा में चर्चा और गतिविधियों के माध्यम से जीवन कौशलों को समझाने के लिए कर सकते हैं। अभिभावक अपने विद्यार्थियों के साथ इन कहानियों को पढ़कर उनके साथ संवाद स्थापित कर सकते हैं और उन्हें जीवन की महत्वपूर्ण सीखों से परिचित करा सकते हैं।

वर्तमान शिक्षा व्यवस्था में भी यह स्वीकार किया जा चुका है कि विद्यार्थियों का समग्र विकास तभी संभव है जब शिक्षा केवल परीक्षा और अंकों तक सीमित न रहकर जीवन से जुड़ जाए। नई शिक्षा नीति तथा विभिन्न शैक्षिक

दृष्टिकोणों में भी अनुभवात्मक अधिगम, चिंतन, रचनात्मकता और जीवन कौशलों के विकास पर विशेष बल दिया गया है। यह कहानी संग्रह उसी दिशा में एक छोटा-सा प्रयास है।

अंततः मेरा विश्वास है कि यदि विद्यार्थी अपने भीतर छिपी क्षमताओं को पहचानें, अपनी परिस्थितियों को समझें और रचनात्मक दृष्टि से सोचने का अभ्यास करें, तो वे न केवल अपने जीवन को बेहतर बना सकते हैं बल्कि समाज के निर्माण में भी महत्वपूर्ण भूमिका निभा सकते हैं।

यदि इस पुस्तक की कहानियाँ बालक-बालिकाओं के मन में आत्मविश्वास, संवेदनशीलता, रचनात्मकता और सकारात्मक सोच का एक छोटा-सा बीज भी बो सकें, तो लेखक के रूप में मेरा यह प्रयास सार्थक होगा।

इसी आशा और विश्वास के साथ यह कहानी संग्रह पाठकों को समर्पित है कि ये कहानियाँ पढ़ने के आनन्द के साथ-साथ विद्यार्थियों के जीवन में प्रेरणा, समझ और नई संभावनाओं के द्वार खोलेंगी।

लेखक

नवल किशोर सोनी

सोफ़िया की चित्रकारी

सोफ़िया अपनी उम्र के ग्यारह वर्ष पूरे कर चुकी थी। वह एक छोटे से गाँव में अपने माता-पिता के साथ रहती थी। उसका परिवार अत्यंत साधारण और गरीब था। उसके माता-पिता मिट्टी के बर्तन बनाकर अपना जीवन यापन करते थे। सुबह से शाम तक वे कड़ी मेहनत करते, मिट्टी गूंथते, चाक पर बर्तन बनाते और फिर उन्हें बाजार में बेचने के लिए ले जाते। लेकिन इतनी मेहनत के बावजूद उनकी आय बहुत कम थी। कई बार तो ऐसा भी होता कि दिन भर की मेहनत के बाद भी घर में जरूरत भर का अनाज जुटाना मुश्किल हो जाता।

सोफ़िया बचपन से ही समझदार और संवेदनशील थी। वह पढ़ने में बहुत तेज थी और स्कूल में अपने शिक्षकों की प्रिय छात्राओं में से एक थी। उसके मन में हमेशा यह चिंता रहती कि उसके माता-पिता दिन-रात मेहनत करते हैं, फिर भी घर की गरीबी कम नहीं हो रही। वह अक्सर अकेले बैठकर सोचती—"मैं ऐसा क्या करूं जिससे अपने माता-पिता की मदद कर सकूं और हमारे घर की गरीबी दूर हो जाए ?"

पढ़ाई के साथ-साथ उसे चित्रकला का भी बहुत शौक था। उसने अपने विषयों में कला को भी चुना था। जब भी उसे थोड़ा खाली समय मिलता, वह कागज पर तरह-तरह के सुंदर चित्र बनाया करती। कभी फूल-पत्तियों के चित्र, कभी पक्षियों के, तो कभी रंगीन आकृतियाँ। उसकी चित्रकारी इतनी सुंदर होती कि स्कूल के शिक्षक भी उसकी प्रशंसा किए बिना नहीं रह पाते।

एक दिन की बात है। सोफ़िया के गाँव के पास ही एक बड़ा मेला लगा। उस मेले में दूर-दूर से लोग आए थे। वहाँ तरह-तरह की दुकानों की पंक्तियाँ सजी हुई थीं, कहीं खिलौनों की दुकान, कहीं मिठाइयों की, कहीं कपड़ों की और कहीं मिट्टी के बर्तनों की। गाँव के विद्यार्थियों के लिए वह मेला किसी उत्सव से कम नहीं था।

सोफ़िया के सभी दोस्तों ने मेला देखने जाने का निश्चय किया। वे सभी बड़े उत्साह से सोफ़िया को भी साथ चलने के लिए कहने लगे। सोफ़िया का मन भी मेले में जाने को बहुत करता था, लेकिन उसके पास इतने पैसे नहीं थे कि वह वहाँ कुछ खरीद सके। फिर भी दोस्तों के बार-बार आग्रह करने पर उसने अपनी छोटी सी गुल्लक में से दस रुपये निकाले और उनके साथ मेला देखने चल पड़ी।

मेले का दृश्य अत्यंत आकर्षक था। रंग-बिरंगी दुकानों की कतारें, विद्यार्थियों की खिलखिलाहट, मिठाइयों की सुगंध और ढोल-नगाड़ों की आवाज़ पूरे वातावरण को जीवंत बना रही थी। सोफ़िया और उसके मित्र अलग-अलग दुकानों पर जाकर चीजें देखने लगे। उसके दोस्त खिलौने खरीद रहे थे, कोई मिठाई ले रहा था, तो कोई गुब्बारे। लेकिन सोफ़िया चुपचाप सब कुछ देखती जा रही थी, क्योंकि उसके पास केवल दस रुपये ही थे।

इसी बीच घूमते-घूमते वह एक मिट्टी के बर्तन बेचने वाले की दुकान के सामने आकर रुक गई। वहाँ सुंदर-सुंदर सुराहियाँ, घड़े और कुल्हड़ सजे हुए थे। सोफ़िया ने देखा कि कुछ सुराहियाँ बहुत सुंदर थीं, जिन पर रंग-बिरंगे फूल-पत्तियों और आकृतियों की चित्रकारी बनी हुई थी। वहीं कुछ सुराहियाँ बिल्कुल साधारण थीं।

उसने उत्सुकता से दुकानदार से पूछा, “भैया, यह सुंदर वाली सुराही कितने की है ?”

दुकानदार ने मुस्कुराते हुए कहा, “बिटिया, यह सौ रुपये की है।”

यह सुनकर सोफ़िया के मन में आश्चर्य हुआ। उसने पास में रखी एक साधारण सुराही की ओर इशारा करते हुए पूछा, “और यह वाली कितने की है ?”

दुकानदार ने उत्तर दिया, “यह दस रुपये की है।”

सोफ़िया को यह सुनकर और भी आश्चर्य हुआ। उसने मन ही मन सोचा—"दोनों सुराहियाँ तो मिट्टी की ही हैं, फिर इनके दामों में इतना अंतर क्यों है?"

उसने दुकानदार से अपनी जिज्ञासा व्यक्त करते हुए पूछा, "भैया, इन दोनों सुराहियों के दामों में इतना फर्क क्यों है ?"

दुकानदार ने समझाते हुए कहा, "देखो बिटिया, दोनों सुराहियाँ मिट्टी की ही हैं, लेकिन सौ रुपये वाली सुराही पर सुंदर चित्रकारी की गई है। इस वजह से वह अधिक आकर्षक और सुंदर दिखाई देती है। जो चीज जितनी सुंदर होती है, लोग उसे उतनी ही अधिक कीमत देकर खरीदते हैं। जबकि यह साधारण सुराही बिना किसी सजावट के है, इसलिए इसका दाम कम है।"

दुकानदार की यह बात सोफ़िया के मन में गहराई तक उतर गई। अचानक उसके मन में एक नया विचार कौंधा। उसने सोचा—"मेरे माता-पिता भी तो मिट्टी के बर्तन बनाते हैं। अगर मैं उन बर्तनों पर सुंदर चित्रकारी कर दूँ, तो शायद वे भी अधिक कीमत में बिक सकते हैं।"

यह विचार उसके लिए किसी प्रेरणा से कम नहीं था। उसने तुरंत मेले की एक दुकान से दस रुपये में छोटे-छोटे रंग और एक साधारण ब्रश खरीद लिया। फिर वह अपने दोस्तों के साथ खुशी-खुशी घर लौट आई।

घर पहुँचकर उसने अपने माता-पिता को मेले की सारी बातें विस्तार से बताईं और अपना नया विचार भी साझा किया। उसकी बात सुनकर उसके माता-पिता पहले तो थोड़ा आश्चर्यचकित हुए, लेकिन फिर उनकी आँखों में आशा की एक नई चमक दिखाई देने लगी।

अगले दिन से सोफ़िया ने एक नया नियम बना लिया। वह पहले पूरी लगन से अपनी पढ़ाई करती और उसके बाद कुछ समय चित्रकारी के लिए निकालती। धीरे-धीरे उसने अपने माता-पिता द्वारा बनाए गए घड़ों, सुराहियों

और कुल्हड़ों पर सुंदर-सुंदर चित्र बनाना शुरू कर दिया। कहीं वह रंग-बिरंगे फूल बनाती, कहीं मोर की आकृति, तो कहीं आकर्षक डिजाइन।

जब कुछ बर्तन चित्रकारी से सजकर तैयार हो गए, तो उसके पिताजी उन्हें बाजार में बेचने के लिए ले गए। इस बार एक अद्भुत बात हुई। लोग उन बर्तनों को देखकर बहुत आकर्षित होने लगे। कई ग्राहकों ने तुरंत ही वे बर्तन खरीद लिए और उनके दाम भी पहले से कहीं अधिक मिले।

धीरे-धीरे यह बात पूरे बाजार में फैल गई कि सोफ़िया के घर के बने बर्तन बहुत सुंदर और आकर्षक होते हैं। अब उनके बर्तन पहले से जल्दी बिकने लगे और उनकी आय भी बढ़ने लगी।

समय के साथ-साथ सोफ़िया की कला और भी निखरती गई। उसकी मेहनत और प्रतिभा के कारण उसके माता-पिता के व्यवसाय में काफी वृद्धि होने लगी। जो परिवार कभी आर्थिक तंगी से जूझ रहा था, अब धीरे-धीरे खुशहाल जीवन की ओर बढ़ने लगा।

सोफ़िया की लगन, बुद्धिमत्ता और रचनात्मकता ने यह सिद्ध कर दिया कि यदि मन में दृढ़ निश्चय और परिश्रम करने की इच्छा हो, तो छोटी-सी प्रतिभा भी जीवन को बदलने की शक्ति रखती है।

इस प्रकार सोफ़िया की कला ने न केवल उसके माता-पिता के व्यवसाय को नई पहचान दी, बल्कि उनके जीवन में सुख और समृद्धि के नए द्वार भी खोल दिए। उसकी मेहनत और सूझ-बूझ से उनके घर में सचमुच अच्छे दिन आ गए।

चर्चा के बिन्दु :

1. माता-पिता की हालत देखकर सोफ़िया क्या सोचा करती थी ?
2. सोफ़िया ने अपने घर की गरीबी दूर करने का क्या तरीका ढूंढा ?
3. क्या आपने कभी गरीबी जैसी समस्या का सामना किया ?
4. कभी आपने अपने घर की जरूरतों को पूरा करने में मदद की ? हाँ तो कैसे ?
5. आप सोफ़िया की जगह होते तो क्या करते ?
6. आप बोर्ड पर एक फूल का चित्र पत्तियों के साथ बना दें | इन पत्तियों में विद्यार्थियों से अपनी-अपनी रुचियाँ लिखने को कहें और उन पर चर्चा करें कि कैसे उन रुचियों को अपने जीवन को बेहतर बनाने में काम में ले सकते हैं ? बालक-बालिकाएँ चाहें तो अपनी नोटबुक में भी यह कार्य कर सकते हैं ।

कहानी में आये मुख्य जीवन कौशल-

स्वजागरुकता (Self-Awareness), समस्या समाधान (problem solving) सृजनात्मक चिन्तन (Creative Thinking)

इस कहानी में सोफ़िया के माध्यम से कई महत्वपूर्ण जीवन कौशल (Life Skills) स्पष्ट रूप से दिखाई देते हैं। विशेष रूप से स्व-जागरूकता, समस्या समाधान और सृजनात्मक चिंतन उसके व्यक्तित्व में स्पष्ट रूप से प्रकट होते हैं। इन्हें सोफ़िया के संदर्भ में इस प्रकार समझा जा सकता है—

1. स्व-जागरूकता (Self-Awareness)

स्व-जागरूकता का अर्थ है, अपने विचारों, भावनाओं, क्षमताओं और परिस्थितियों को समझना। कहानी में सोफ़िया अपने परिवार की आर्थिक स्थिति को भली-भाँति समझती है। वह जानती है कि उसके माता-पिता मिट्टी के बर्तन बनाकर बहुत कठिन परिश्रम से परिवार का भरण-पोषण कर रहे हैं,

फिर भी घर की गरीबी दूर नहीं हो पा रही है। यही कारण है कि वह अक्सर सोचती है कि वह ऐसा क्या करे जिससे अपने माता-पिता की मदद कर सके।

इसके साथ ही सोफ़िया को अपनी चित्रकारी की प्रतिभा का भी ज्ञान है। उसे पता है कि उसे चित्र बनाना अच्छा लगता है और वह इसमें निपुण भी है। अपने परिवार की स्थिति और अपनी क्षमता, दोनों को समझना ही उसकी स्व-जागरूकता को दर्शाता है।

2. समस्या समाधान (Problem Solving)

समस्या समाधान का अर्थ है किसी समस्या को समझकर उसका उचित और व्यावहारिक समाधान ढूँढना। कहानी में सोफ़िया के सामने मुख्य समस्या उसके परिवार की गरीबी और कम आय की है। जब वह मेले में सुराहियों के दामों में अंतर देखती है और दुकानदार से उसका कारण जानती है, तब उसे यह समझ में आता है कि साधारण बर्तनों पर सुंदर चित्रकारी करके उन्हें अधिक मूल्यवान बनाया जा सकता है।

इसके बाद वह तुरंत इस विचार को अपने जीवन में लागू करती है। वह रंग और ब्रश खरीदती है और अपने माता-पिता के बनाए बर्तनों पर चित्रकारी करना शुरू कर देती है। इससे बर्तनों की कीमत और बिक्री दोनों बढ़ जाती हैं। इस प्रकार सोफ़िया ने अपनी समझ और सूझ-बूझ से परिवार की आर्थिक समस्या का समाधान खोज लिया।

3. सृजनात्मक चिंतन (Creative Thinking)

सृजनात्मक चिंतन का अर्थ है किसी स्थिति को नए दृष्टिकोण से देखकर उसमें नवीन और रचनात्मक विचार उत्पन्न करना।

सोफ़िया ने मेले में एक साधारण घटना से एक नया विचार निकाला। उसने देखा कि जिन सुराहियों पर चित्रकारी की गई है, वे अधिक महंगी और

आकर्षक हैं। इस अवलोकन से उसके मन में यह रचनात्मक विचार आया कि यदि वह अपने माता-पिता के बनाए बर्तनों पर भी चित्रकारी कर दे, तो वे अधिक सुंदर बन सकते हैं और अच्छी कीमत पर बिक सकते हैं।

उसने अपनी कला और कल्पनाशक्ति का उपयोग करते हुए बर्तनों पर फूल-पत्तियों और अन्य सुंदर आकृतियाँ बनाईं। यह उसका सृजनात्मक चिंतन ही था जिसने एक साधारण बर्तन को आकर्षक उत्पाद में बदल दिया। सोफ़िया की कहानी यह बताती है कि यदि किसी व्यक्ति में स्व-जागरूकता, समस्या समाधान की क्षमता और सृजनात्मक चिंतन जैसे जीवन कौशल हों, तो वह कठिन परिस्थितियों में भी नए अवसर खोज सकता है और अपने साथ-साथ दूसरों के जीवन में भी सकारात्मक परिवर्तन ला सकता है।

बहादुर आचूकी

आचूकी अपने घर की सबसे बड़ी और जिम्मेदार बेटी थी। वह एक छोटे से गाँव में अपने माता-पिता और दो छोटे भाइयों के साथ रहती थी। उसके दोनों भाई अभी आँगनबाड़ी केंद्र में पढ़ते थे, जबकि आचूकी पास के गाँव के प्राथमिक विद्यालय में कक्षा पाँच की छात्रा थी। घर की बड़ी बेटी होने के कारण वह अपने छोटे भाइयों का ध्यान भी रखती थी और माँ के कामों में भी हाथ बँटाती थी।

आचूकी के माता-पिता मेहनती किसान थे। सुबह होते ही वे खेतों के काम में लग जाते और देर शाम तक काम करते रहते। घर और खेत की जिम्मेदारियों के कारण उन्हें इतना समय नहीं मिल पाता था कि वे आचूकी से रोज उसकी पढ़ाई या स्कूल के बारे में विस्तार से बात कर सकें। फिर भी वे चाहते थे कि उनकी बेटी पढ़-लिखकर एक अच्छा जीवन बनाए। इसी कारण वे उसे गाँव की अन्य लड़कियों के साथ पास के गाँव के स्कूल भेजते थे।

आचूकी पढ़ने में बहुत अच्छी थी। उसे स्कूल जाना बहुत पसंद था। सुबह जल्दी उठकर वह अपना बस्ता तैयार करती, साफ-सुथरी यूनिफोर्म पहनती और अपने दोस्तों के साथ हँसते-बतियाते स्कूल चली जाती। स्कूल में उसे पढ़ाई के साथ-साथ खेलकूद और चित्रकला भी बहुत पसंद थी। उसके शिक्षक भी उसकी लगन और विनम्रता की प्रशंसा करते थे।

लेकिन कुछ समय से उसके व्यवहार में बदलाव आने लगा था। पहले जो आचूकी हमेशा खुश और उत्साही रहती थी, अब वह अक्सर चुप और उदास दिखाई देने लगी थी। स्कूल जाने के समय भी उसके चेहरे पर पहले जैसी खुशी नहीं रहती थी। वह गुमसुम रहने लगी थी।

एक दिन अचानक उसने अपनी माँ से कहा, "माँ, आज मैं स्कूल नहीं जाऊँगी।"

माँ को यह सुनकर बहुत आश्चर्य हुआ। आचूकी तो कभी स्कूल जाने से मना नहीं करती थी। माँ ने स्नेह से पूछा, "क्या बात है बेटी ? तुम स्कूल क्यों नहीं जाना चाहती ?"

माँ के इतना पूछते ही आचूकी की आँखों में आँसू भर आए। वह चुप रही, लेकिन उसके आँसू रुक नहीं रहे थे। माँ ने उसे पास बैठाकर प्यार से समझाया और कहा कि वह बिना डर के सारी बात बता दे। माँ के बार-बार समझाने पर आखिरकार आचूकी ने हिम्मत जुटाई और काँपती आवाज़ में अपनी परेशानी बताते हुए कहा कि, "उसके स्कूल में कक्षा आठ में पढ़ने वाला एक बड़ा लड़का है, जो अक्सर उसे अकेला देखकर छेड़खानी करता है और गलत व्यवहार करता है। कभी रास्ते में उसे परेशान करता है, तो कभी स्कूल में मौका देखकर उसे डराने की कोशिश करता है। इस कारण मैं बहुत डर गई थी और स्कूल जाने से घबराने लगी थी।"

यह सब कहते-कहते आचूकी माँ से लिपटकर फूट-फूटकर रोने लगी।

आचूकी की माँ यह सब सुनकर बहुत चिंतित और क्रोधित हुई। उसे अपनी बेटी की तकलीफ देखकर बहुत दुख हुआ। उसने तुरंत निश्चय किया कि वह इस समस्या को अनदेखा नहीं करेगी। उसने आचूकी को प्यार से समझाया कि गलत बात के खिलाफ आवाज़ उठाना बहुत जरूरी होता है और डरकर चुप रहना समस्या का समाधान नहीं है।

अगले दिन माँ आचूकी को साथ लेकर स्कूल गई। वहाँ जाकर उन्होंने आचूकी की कक्षा की अध्यापिका से मुलाकात की और पूरी घटना विस्तार से बताई। आचूकी भी थोड़ी घबराई हुई थी, लेकिन उसने साहस दिखाते हुए अपनी बात अध्यापिका के सामने स्पष्ट रूप से रखी।

कक्षा अध्यापिका ने आचूकी की बात बहुत ध्यान से सुनी। उन्होंने आचूकी की बहादुरी और सच्चाई की सराहना की। उन्होंने कहा कि किसी भी विद्यार्थी को ऐसी स्थिति में चुप नहीं रहना चाहिए, बल्कि तुरंत अपने शिक्षक या अभिभावकों को बताना चाहिए।

इसके बाद अध्यापिका ने इस पूरी घटना की जानकारी विद्यालय के प्रधानाध्यापक को दी। प्रधानाध्यापक ने तुरंत इस मामले को गंभीरता से लिया। उन्होंने उस लड़के और उसके माता-पिता को स्कूल में बुलाया और पूरी घटना से उन्हें अवगत कराया।

लड़के के माता-पिता को भी यह जानकर बहुत शर्मिंदगी हुई। प्रधानाध्यापक जी ने लड़के को कड़ी चेतावनी दी और समझाया कि इस प्रकार का व्यवहार बिल्कुल गलत और अनुचित है। उन्होंने उसे भविष्य में ऐसी हरकत कभी न करने और अपनी पढ़ाई पर ध्यान देने की सलाह दी।

साथ ही प्रधानाध्यापक ने यह भी सुनिश्चित किया कि आगे से स्कूल में ऐसा कोई व्यवहार न हो और सभी विद्यार्थियों को सुरक्षित वातावरण मिले।

इस घटना के बाद आचूकी का डर दूर हो गया। अब वह फिर से पहले की तरह खुशी-खुशी स्कूल जाने लगी। उसके चेहरे पर आत्मविश्वास लौट आया था। उसे यह एहसास हो गया था कि यदि हम साहस के साथ अपनी समस्या बताते हैं, तो उसका समाधान जरूर मिल सकता है।

आचूकी की हिम्मत और साहस को विद्यालय ने भी सराहा। स्वतंत्रता दिवस यानी 15 अगस्त के अवसर पर विद्यालय में आयोजित समारोह में उसे विशेष रूप से सम्मानित किया गया। प्रधानाध्यापक जी ने मंच से उसकी प्रशंसा करते हुए कहा कि आचूकी ने साहस और समझदारी का परिचय देकर एक अच्छा उदाहरण प्रस्तुत किया है।

उस दिन आचूकी के माता-पिता भी बहुत गर्व महसूस कर रहे थे। उन्हें लगा कि उनकी बेटी सचमुच बहुत बहादुर है।

इस प्रकार आचूकी ने यह साबित कर दिया कि समस्या से डरकर भागना नहीं चाहिए, बल्कि साहस, समझदारी और सही निर्णय के साथ उसका सामना करना चाहिए।

चर्चा के बिन्दु

1. आचूकी के साथ जो कुछ हुआ वो सही था या गलत ? कारण सहित बताओ।
2. इस घटना को लेकर आचूकी स्कूल में किससे शिकायत कर सकती थी?
3. क्या आचूकी की माँ का फैसला सही था ?
4. यदि आचूकी की जगह आप होते तो क्या करते ?
5. आपने भी इसी तरह की किसी समस्या का सामना किया है क्या ?

(इस प्रश्न के माध्यम से विद्यार्थी अपने अनुभव साझा कर सकते हैं और यह समझ सकते हैं कि समस्या होने पर चुप नहीं रहना चाहिए।)

जीवन कौशल (Life Skills) पर चर्चा

1. लचीलापन (Resilience)

आचूकी ने डर और परेशानी के बावजूद साहस दिखाया और समस्या का सामना किया।

2. समस्या समाधान (Problem Solving)

उसने अपनी माँ और शिक्षकों की मदद से समस्या का सही समाधान खोजा।

3. स्वजागरूकता (Self-Awareness)

आचूकी को यह समझ थी कि उसके साथ हो रहा व्यवहार गलत है।

4. निर्णय लेने की क्षमता (Decision Making)

उसने सही समय पर अपनी माँ को सच्चाई बताने का निर्णय लिया, जिससे समस्या का समाधान संभव हुआ।

जब जागो तभी सवेरा

गाँव के प्राथमिक विद्यालय में उस दिन का वातावरण सामान्य था, परंतु कक्षा में बैठी अध्यापिका की दृष्टि बार-बार एक खाली स्थान पर जाकर ठहर जाती थी। यह वही स्थान था जहाँ हमेशा मुस्कुराती और उत्साह से भरी रहने वाली छात्रा गायत्री बैठा करती थी।

अध्यापिका ने पूरी कक्षा पर एक बार फिर नज़र दौड़ाई। आज भी गायत्री उपस्थित नहीं थी। पिछले कई दिनों से उसकी अनुपस्थिति अध्यापिका को चिंतित कर रही थी। गायत्री पढ़ने में बहुत तेज, जिज्ञासु और मेहनती बच्ची थी। वह हर दिन समय पर विद्यालय आती और पूरे मन से पढ़ाई करती थी।

अध्यापिका ने बच्चों से पूछा, "बच्चो, क्या किसी को पता है कि गायत्री कई दिनों से स्कूल क्यों नहीं आ रही ?"

कक्षा में थोड़ी देर के लिए सन्नाटा छा गया। फिर एक विद्यार्थी ने धीरे से कहा, "मैडम, सुना है उसकी तबीयत ठीक नहीं है।"

इतने में गायत्री की सहेली नाजिया धीरे से अध्यापिका के पास आई और उनके कान में बोली, "मैडम, गायत्री ने आपसे घर आने के लिए कहा है।"

यह सुनते ही अध्यापिका के मन में चिंता और बढ़ गई। उन्होंने मन ही मन निश्चय किया कि आज स्कूल की छुट्टी के बाद वे स्वयं गायत्री के घर जाकर उससे मिलेंगी।

उस दिन विद्यालय की छुट्टी होने के बाद अध्यापिका ने अपने आवश्यक कार्य पूरे किए और फिर सीधे गायत्री के घर की ओर चल पड़ीं। गायत्री का घर गाँव के किनारे स्थित एक साधारण कच्चा मकान था। आँगन में कुछ मवेशी बंधे थे और एक कोने में मिट्टी का चूल्हा बना हुआ था।

अध्यापिका ने दरवाजे पर पहुँचकर आवाज़ दी। कुछ ही क्षणों में गायत्री की माँ बाहर आई। उन्होंने आदरपूर्वक अध्यापिका को नमस्कार किया और भीतर बैठने का आग्रह किया। थोड़ी ही देर में गायत्री के बाबा भी आ गए।

औपचारिक दुआ-सलाम के बाद अध्यापिका ने सीधे पूछा,"गायत्री कई दिनों से स्कूल नहीं आ रही है। उसकी तबीयत तो ठीक है ना ?"

यह प्रश्न सुनते ही गायत्री के बाबा कुछ असहज हो उठे। वे बिना कुछ कहे चुपचाप बाहर की ओर निकल गए। अध्यापिका को यह व्यवहार थोड़ा अजीब लगा।

गायत्री की माँ उन्हें घर के भीतर एक छोटे से कमरे में ले गईं। कमरे में एक चारपाई पर गायत्री लेटी हुई थी। उसका चेहरा पीला पड़ गया था और वह बहुत कमजोर दिखाई दे रही थी।

जैसे ही गायत्री ने अपनी प्रिय अध्यापिका को देखा, वह अचानक फूट-फूटकर रोने लगी। अध्यापिका तुरंत उसके पास बैठ गईं और स्नेह से उसके सिर पर हाथ फेरते हुए बोलीं,"क्या हुआ बेटी ? तुम इतनी कमजोर क्यों हो गई हो?"

लेकिन गायत्री रोए ही जा रही थी। उसकी आँखों से आँसू रुकने का नाम नहीं ले रहे थे। अध्यापिका ने चिंतित होकर उसकी माँ से पूछा, "इस प्यारी सी बच्ची की ऐसी हालत कैसे हो गई ? यह तो बहुत दुबली और कमज़ोर लग रही है।"

माँ ने भारी मन से कहा, "मैडम, पिछले चार-पाँच दिनों से इसने कुछ भी ठीक से खाया-पिया नहीं है।"

अध्यापिका ने आश्चर्य से पूछा, "लेकिन क्यों ?"

माँ ने धीरे से बताया, “इसके बाबा इसकी शादी तय करना चाहते हैं। लेकिन यह पढ़ाई करना चाहती है। इसी बात को लेकर यह जिद पर अड़ी हुई है।”

माँ की बात पूरी भी नहीं हुई थी कि गायत्री रोते-रोते उठ बैठी। उसने अध्यापिका की ओर देखते हुए कहा,“मैडम, आप बाबा को समझाइए ना। क्या 11 साल की उम्र शादी की होती है ? मैं अभी पढ़ना चाहती हूँ, बहुत पढ़ना चाहती हूँ।”

गायत्री की यह बात सुनकर अध्यापिका का गला भर आया। उसे एक ओर इस बच्ची की पीड़ा दिखाई दे रही थी और दूसरी ओर समाज की वह सोच भी, जो कई बार बालिकाओं के भविष्य पर भारी पड़ जाती है।

अध्यापिका थोड़ी सख्त आवाज़ में बोलीं,“सबसे पहले तो इस बच्ची का इलाज जरूरी है। इसकी हालत बहुत खराब हो गई है। मैं अभी डॉक्टर को फोन करती हूँ।”

वे अपना मोबाइल निकालकर डॉक्टर को फोन करने ही वाली थीं कि तभी पीछे से एक आवाज़ आई, “फोन करने की कोई जरूरत नहीं है, मैं डॉक्टर को साथ लेकर आया हूँ।”

यह गायत्री के बाबा की आवाज़ थी। उनके साथ गाँव की एक महिला डॉक्टर भी थीं। डॉक्टर ने तुरंत गायत्री का परीक्षण किया। उन्होंने उसकी नब्ज़ देखी, आँखें देखीं और कुछ सवाल पूछे। फिर उन्होंने गंभीर स्वर में पूछा, “इस बच्ची की ऐसी हालत कैसे हो गई ?”

अध्यापिका ने पूरी स्थिति डॉक्टर को विस्तार से बता दी। यह सुनते ही डॉक्टर थोड़ी नाराज़ हो गईं। उन्होंने गायत्री के माता-पिता की ओर देखते हुए कहा, “आप लोग समझते क्यों नहीं ? यह बच्ची पढ़ना चाहती है, इसे पढ़ने दीजिए।

इतनी छोटी उम्र में शादी करना न केवल गलत है, बल्कि इससे इसके स्वास्थ्य और भविष्य दोनों पर बुरा असर पड़ सकता है।”

फिर डॉक्टर ने थोड़ा ठहरकर कहा, “मुझे और इन मैडम को ही देख लीजिए। हम भी किसी की बेटियाँ थीं। अगर हमारे माता-पिता ने भी हमें बचपन में शादी के बंधन में बाँध दिया होता, तो क्या हम आज यहाँ तक पहुँच पाती ?”

डॉक्टर की बात सुनकर गायत्री के माता-पिता की आँखें झुक गईं। उन्हें अपनी गलती का एहसास होने लगा था। कुछ ही क्षणों बाद वे दोनों भावुक होकर रो पड़े। उन्होंने डॉक्टर से विनम्रता से कहा, “डॉक्टर साहिबा, हमारी बेटी को बचा लीजिए। हमें अब समझ में आ गया है कि पढ़ाई कितनी जरूरी है। अब हम इसे जितना पढ़ना होगा उतना पढ़ाएंगे।”

यह सुनते ही कमरे का वातावरण बदल गया। गायत्री की आँखों में आशा की चमक लौट आई। अध्यापिका की आँखों में भी संतोष और खुशी दिखाई दे रही थी।

डॉक्टर ने मुस्कुराते हुए गायत्री की माँ को गले लगाया और कहा, “याद रखिए, जब जागो तभी सवेरा। गलती का एहसास हो जाए और हम सही रास्ता चुन लें, यही सबसे बड़ी बात होती है।”

कुछ ही दिनों में गायत्री का स्वास्थ्य सुधरने लगा। वह फिर से पहले की तरह उत्साह और आत्मविश्वास के साथ स्कूल जाने लगी। अब उसके माता-पिता भी उसकी पढ़ाई के लिए उसे प्रोत्साहित करने लगे थे।

गायत्री के जीवन में यह घटना एक महत्वपूर्ण मोड़ बन गई। उसने यह सीख लिया कि अपने अधिकारों और सपनों के लिए आवाज़ उठाना जरूरी होता है। और सच ही कहा गया है— **जब जागो तभी सवेरा।**

चर्चा के बिंदु

1. गायत्री स्कूल क्यों नहीं जा रही थी ?
2. गायत्री की तबीयत खराब क्यों हो गई थी ?
3. क्या आपने कभी अपनी कोई समस्या अपनी शिक्षिका से साझा की है?
4. यदि मैडम और डॉक्टर की भी बचपन में शादी हो गई होती, तो क्या वे आज इस मुकाम पर पहुँच पातीं?
5. यदि आप गायत्री की जगह होते, तो क्या करते?
6. विद्यार्थी इस कहानी का नाटक या अभिनय अपनी कक्षा या बाल सभा में प्रस्तुत कर सकते हैं।

जीवन कौशल (Life Skills)

- **स्वजागरूकता (Self-Awareness):**
  गायत्री को यह समझ थी कि इतनी कम उम्र में शादी करना उसके भविष्य के लिए सही नहीं है।
- **निर्णय लेने की क्षमता (Decision Making):**
  उसने पढ़ाई जारी रखने का साहसिक निर्णय लिया और अपनी समस्या शिक्षिका के सामने रखी।

जाकिरा की सीख

दोपहर का समय था। स्कूल की घंटी बजने के बाद बच्चे खुशी-खुशी अपने-अपने घरों की ओर लौट रहे थे। उन्हीं बच्चों के बीच तेज़ कदमों से चलती हुई जाकिरा भी अपने घर की ओर आ रही थी। उसके कंधे पर स्कूल का बैग था और चेहरे पर दिन भर की पढ़ाई की थकान के साथ हल्की-सी मुस्कान भी थी।

जाकिरा एक समझदार और जागरूक लड़की थी। उसे स्कूल में पढ़ाई के साथ-साथ साफ-सफाई और स्वास्थ्य से जुड़ी अच्छी आदतों के बारे में भी सिखाया जाता था। उसकी अध्यापिका अक्सर बच्चों को समझाती थीं कि स्वच्छता केवल हमारे घर की ही नहीं, बल्कि पूरे आसपास के वातावरण की जिम्मेदारी है।

जैसे ही जाकिरा अपने घर के पास पहुँची, उसने देखा कि घर के आसपास बहुत सारा गंदा पानी फैला हुआ है। नाली का पानी सड़क पर बह रहा था और उसके आसपास कचरा जमा हो गया था। उस गंदगी पर मक्खियाँ भिनभिना रही थीं और वातावरण में बदबू भी फैल रही थी।

यह देखकर जाकिरा का मन उदास हो गया। वह सोचने लगी कि इतनी गंदगी से तो बीमारियाँ फैल सकती हैं।

वह अभी घर के भीतर दाखिल ही हुई थी कि उसे अपने अब्बा के कराहने की आवाज़ सुनाई दी। आवाज़ सुनते ही वह घबरा गई। उसने तुरंत अपना बैग उतारा और जल्दी से अब्बा के पास पहुँच गई।

अब्बा बिस्तर पर लेटे हुए थे और दर्द से कराह रहे थे। वे बार-बार अपना पेट पकड़ रहे थे।

जाकिरा चिंतित स्वर में बोली, "क्या हुआ अब्बा ? आपको क्या तकलीफ हो रही है ? अम्मा कहाँ हैं ?"

अब्बा ने दर्द से कराहते हुए कहा, "बेटा, मेरे पेट में बहुत तेज़ दर्द हो रहा है। तुम्हारी अम्मा डॉक्टर को बुलाने गई हैं।"

यह सुनकर जाकिरा और भी चिंतित हो गई। उसने तुरंत कमरे के चारों ओर नज़र दौड़ाई कि कहीं कोई ऐसी चीज़ तो नहीं जिससे अब्बा की तबीयत खराब हुई हो।

तभी उसकी नज़र पलंग के पास रखी एक प्लेट पर पड़ी। उस प्लेट में कुछ कटे हुए फल रखे थे और उन पर कई मक्खियाँ भिनभिना रही थीं। मक्खियाँ बार-बार उन फलों पर बैठ रही थीं और फिर उड़कर इधर-उधर जा रही थीं।

जाकिरा को यह देखकर तुरंत समझ आ गया कि शायद यही कारण होगा।

वह अब्बा के पास बैठकर बोली, "अब्बा, क्या आपने ये प्लेट में रखे हुए फल खाए थे ?"

अब्बा ने धीरे से सिर हिलाते हुए कहा, "हाँ बेटा, बाहर नाली की सफाई करने के बाद मुझे भूख लग रही थी, इसलिए मैंने यही फल खा लिए।"

यह सुनते ही जाकिरा को पूरी बात समझ में आ गई। वह थोड़ा नाराज़ होकर बोली, "अब्बा, मैंने आपको कितनी बार समझाया है कि सफाई करने के बाद हमेशा साबुन से हाथ धोकर ही कुछ खाना चाहिए।"

फिर उसने खिड़की की ओर इशारा करते हुए कहा,"देखिए, घर के बाहर नाली का गंदा पानी फैला हुआ है और उस गंदगी पर मक्खियाँ बैठ रही हैं। वही मक्खियाँ उड़कर इन फलों पर भी बैठ गई होंगी। इससे फलों पर भी

गंदगी और कीटाणु लग गए होंगे। अगर ऐसे फल खा लिए जाएँ, तो पेट दर्द और बीमारी होना स्वाभाविक है।”

उसी समय दरवाज़ा खुला और अम्मा डॉक्टर के साथ कमरे में आ गईं। वे दोनों जाकिरा की सारी बातें सुन चुकी थीं।

डॉक्टर ने मुस्कुराते हुए जाकिरा के कंधे पर हाथ रखा और बोलीं, “शाबाश बेटा ! तुमने बिल्कुल सही बात कही है।”

फिर उन्होंने अब्बा की ओर देखते हुए कहा, “यदि हर व्यक्ति अपने घर और आसपास साफ-सफाई रखे और खाने से पहले साबुन से अच्छी तरह हाथ धोए, तो कई बीमारियों से बचा जा सकता है।”

डॉक्टर ने अब्बा का परीक्षण किया और उन्हें पेट दर्द से राहत देने के लिए एक इंजेक्शन लगाया। साथ ही कुछ दवाइयाँ भी दीं।

डॉक्टर ने समझाते हुए कहा,“गंदगी में बहुत सारे कीटाणु होते हैं। मक्खियाँ उन कीटाणुओं को एक जगह से दूसरी जगह ले जाती हैं। जब हम बिना हाथ धोए या गंदगी से प्रभावित भोजन खा लेते हैं, तो वही कीटाणु हमारे शरीर में पहुँच जाते हैं और हमें बीमार कर देते हैं।”

अब्बा को अपनी गलती का एहसास हो गया था। उन्होंने शर्माते हुए जाकिरा से कहा, “बेटा, तुम सही कह रही थीं। आज से मैं हमेशा सफाई का ध्यान रखूँगा और खाना खाने से पहले साबुन से हाथ जरूर धोऊँगा।”

जाकिरा की अम्मा भी बोलीं,“आज से हम सब मिलकर अपने घर और आसपास की सफाई का ध्यान रखेंगे।”

डॉक्टर ने मुस्कुराते हुए कहा, “अगर हर घर में जाकिरा जैसी समझदार बच्ची हो, तो हमारा समाज बहुत जल्दी स्वच्छ और स्वस्थ बन सकता है।”

जाकिरा यह सुनकर मुस्कुरा दी। उसे खुशी थी कि उसकी छोटी-सी सीख से उसके परिवार को एक बड़ी बात समझ में आ गई।

अगले दिन से पूरे परिवार ने मिलकर घर के आसपास की सफाई शुरू कर दी। नाली को ठीक करवाया गया, कचरा सही जगह पर डाला जाने लगा और सब ने यह आदत बना ली कि खाने से पहले हाथ साबुन से जरूर धोएँ।

धीरे-धीरे उनका घर और आसपास का वातावरण साफ और स्वच्छ हो गया। अब्बा भी पूरी तरह स्वस्थ हो गए।

इस घटना के बाद जाकिरा अपने स्कूल में भी बच्चों को साफ-सफाई के महत्व के बारे में बताने लगी। उसकी अध्यापिका ने उसकी जागरूकता और समझदारी की बहुत प्रशंसा की।

वास्तव में, जाकिरा की यह छोटी-सी सीख हम सभी के लिए एक बड़ी सीख है कि स्वच्छता ही स्वास्थ्य का आधार है।

चर्चा के बिन्दु

1. यह कहानी आपको कैसी लगी और क्यों ?
2. जाकिरा स्कूल से लौटी तो उसे क्या दिखाई दिया ?
3. जाकिरा की अम्मा कहाँ गई थी और क्यों ?
4. अब्बा के पेट में दर्द क्यों हो रहा था ?
5. जाकिरा ने अब्बा को क्या सीख दी और क्यों ?
6. क्या जाकिरा की सीख हमारे जीवन में भी उपयोगी हो सकती है ? कैसे?
7. यदि आप जाकिरा के अब्बा की जगह होते, तो क्या करते ?
8. क्या आपके घर के आसपास भी कभी ऐसी गंदगी दिखाई देती है?
9. अपने घर और आसपास की सफाई के लिए आप क्या करते हैं ?

जीवन कौशल (Life Skill)

स्वजागरूकता (Self-Awareness):
जाकिरा को स्वच्छता और स्वास्थ्य के संबंध का ज्ञान था। उसने स्थिति को समझकर अपने परिवार को सही सलाह दी और उन्हें स्वच्छता का महत्व समझाया।

मैं बच नहीं पाता

दोपहर का समय था। विद्यालय की छुट्टी हो चुकी थी और बच्चे अपने-अपने घरों की ओर लौट रहे थे। स्कूल के बाहर की सड़क पर हलचल थी। कोई साइकिल से जा रहा था, कोई पैदल अपने मित्रों के साथ बातें करता हुआ आगे बढ़ रहा था। उसी भीड़ में कक्षा पाँच का छात्र अख्तर भी अपने घर की ओर जा रहा था। उसके कंधे पर स्कूल का बैग था और चेहरे पर दिन भर की पढ़ाई के बाद घर पहुँचने की खुशी झलक रही थी।

अख्तर स्वभाव से बहुत संवेदनशील और दयालु लड़का था। वह हमेशा अपने मित्रों की सहायता करता और किसी को कष्ट में देखकर तुरंत उसकी मदद करने के लिए आगे बढ़ जाता था। उसके माता-पिता ने उसे बचपन से ही यह सीख दी थी कि मनुष्य को ही नहीं, बल्कि हर जीव-जंतु को दया और प्रेम की दृष्टि से देखना चाहिए।

वह धीरे-धीरे सड़क किनारे चलते हुए अपने घर की ओर बढ़ ही रहा था कि अचानक सामने से आती एक तेज़ आवाज़ ने उसका ध्यान अपनी ओर खींच लिया। उसने देखा कि एक मोटर साइकिल बहुत तेज़ गति से सड़क पर दौड़ी चली आ रही थी।

उसी समय सड़क पार करते हुए एक छोटा-सा कुत्ते का पिल्ला अचानक बीच रास्ते में आ गया। शायद वह इधर-उधर खेलते-खेलते सड़क पर आ गया था और उसे आने वाले खतरे का बिल्कुल भी अंदाज़ा नहीं था।

इससे पहले कि कोई कुछ समझ पाता, तेज़ गति से आती मोटर साइकिल ने उस पिल्ले को जोरदार टक्कर मार दी।

"धड़ाम !"

एक पल के लिए सब कुछ थम सा गया। मोटर साइकिल वाला बिना रुके आगे निकल गया और सड़क पर वह छोटा-सा पिल्ला दर्द से तड़पता हुआ गिर पड़ा।

उसकी एक टांग से तेज़ी से खून बह रहा था। वह दर्द से कराह रहा था और बार-बार उठने की कोशिश कर रहा था, परंतु उठ नहीं पा रहा था।

कुछ ही क्षणों में वहाँ लोगों की भीड़ इकट्ठी हो गई। आसपास के दुकानदार, राहगीर और कुछ बच्चे भी वहाँ आ खड़े हुए। सभी लोग मोटर साइकिल वाले को कोस रहे थे।

कोई कह रहा था, “इतनी तेज़ गाड़ी क्यों चलाते हैं लोग ?”

तो कोई बोल रहा था,“देखो बेचारे जानवर को कैसी चोट लग गई।”

लेकिन भीड़ में खड़े अधिकांश लोग केवल बातें ही कर रहे थे। कोई भी उस घायल पिल्ले की मदद के लिए आगे नहीं बढ़ रहा था।

अख्तर भी उस भीड़ में खड़ा सब कुछ देख रहा था। उसकी आँखें उस पिल्ले की पीड़ा देखकर नम हो गईं। पिल्ला दर्द से कराह रहा था और उसकी टांग से लगातार खून बह रहा था।

अख्तर से यह दृश्य देखा नहीं जा रहा था। उसके मन में करुणा और सहानुभूति की भावना उमड़ पड़ी।

वह तुरंत भीड़ में खड़े एक अंकल के पास गया और विनम्रता से बोला, “अंकल, इसकी टांग से खून बह रहा है। क्या हम इसकी टांग पर पट्टी नहीं बाँध सकते ? इससे खून रुक जाएगा।”

अंकल ने चारों ओर नज़र दौड़ाई और बोले, “हाँ बेटा, पट्टी तो करनी चाहिए... मगर यहाँ कपड़ा कहाँ से लाएँ ?”

अब लोग इधर-उधर देखने लगे कि कहीं कोई कपड़ा या पट्टी मिल जाए, जिससे पिल्ले की टांग बाँधी जा सके।

इसी बीच अख्तर को अचानक एक बात याद आई। उसे अपने स्कूल बैग में रखा छोटा-सा रुमाल याद आया, जिसे उसकी माँ रोज़ साफ करके बैग में रख देती थीं।

उसने बिना देर किए अपना बैग उतारा, चेन खोली और रुमाल निकाल लिया।

फिर वह धीरे-धीरे पिल्ले के पास गया। पहले उसने प्यार से उसके सिर पर हाथ फेरा, ताकि वह डर न जाए। पिल्ला दर्द में होने के बावजूद अख्तर के स्पर्श से थोड़ा शांत हो गया।

इसके बाद अख्तर ने बहुत सावधानी से पिल्ले की घायल टांग पर अपना रुमाल बाँध दिया।

कुछ ही देर में खून का बहना धीरे-धीरे कम हो गया।

यह देखकर वहाँ खड़े लोग भी आश्चर्य और प्रशंसा से अख्तर की ओर देखने लगे। एक बुज़ुर्ग व्यक्ति बोले, “वाह बेटा ! तुमने बहुत अच्छा काम किया है। हम सब केवल बातें करते रहे, लेकिन तुमने सच में मदद की।”

एक अन्य व्यक्ति ने कहा,“इतनी छोटी उम्र में इतनी दया और समझदारी... सचमुच बहुत अच्छी बात है।”

अब पिल्ला भी थोड़ा शांत हो गया था। वह अपनी मासूम आँखों से अख्तर को लगातार देख रहा था।

उसकी आँखों में जैसे कृतज्ञता झलक रही थी। ऐसा लग रहा था मानो वह बिना शब्दों के ही अख्तर से कह रहा हो—

“तुम नहीं होते तो आज शायद मैं बच नहीं पाता, दोस्त।”

अख्तर ने प्यार से उसके सिर पर हाथ फेरा और मुस्कुरा दिया।

थोड़ी देर बाद वहाँ मौजूद लोगों में से एक व्यक्ति उस पिल्ले को पास के पशु चिकित्सालय ले जाने के लिए तैयार हो गया।

अख्तर को यह देखकर बहुत संतोष हुआ कि अब पिल्ले का सही इलाज हो जाएगा।

उस दिन जब वह घर पहुँचा, तो उसके मन में एक अजीब-सी शांति और खुशी थी। उसे महसूस हो रहा था कि उसने किसी जरूरतमंद जीव की मदद करके सच में एक अच्छा काम किया है।

उसकी माँ ने जब उससे पूछा कि आज वह इतना खुश क्यों है, तो उसने पूरी घटना उन्हें बताई।

माँ ने प्यार से उसके सिर पर हाथ फेरते हुए कहा,“बेटा, दूसरों के दर्द को समझना और उनकी मदद करना सबसे बड़ी मानवता है।”

उस दिन अख्तर ने एक बार फिर महसूस किया कि सहानुभूति और दया ही वह भावना है जो इंसान को सचमुच महान बनाती है।

चर्चा के बिन्दु

1. अख्तर से पिल्ले का दर्द क्यों नहीं देखा जा रहा था ?
2. यदि उस मोटर साइकिल वाले की जगह आप होते तो क्या करते ?
3. यदि आपके दोस्त को चोट लग जाए तो आपको कैसा लगेगा ?
4. पिल्ले को कैसा लग रहा होगा ?
5. यदि आप अख्तर की जगह होते तो क्या करते ?

जीवन कौशल (Life Skill)

तदानुभूति (Empathy):

तदानुभूति का अर्थ है दूसरों के दर्द और भावनाओं को समझना और उनकी सहायता करने की भावना रखना। अख्तर ने घायल पिल्ले की पीड़ा को महसूस किया और तुरंत उसकी मदद के लिए आगे आया।

आराम का जाल

आसमान में ऊँची उड़ान भरते हुए गिद्धों का एक बड़ा झुंड भोजन की तलाश में भटक रहा था। कई दिनों से उन्हें ढंग का शिकार नहीं मिला था। कभी वे पहाड़ों के ऊपर से गुजरते, कभी घने जंगलों के ऊपर मंडराते, तो कभी किसी नदी के किनारे उतरकर भोजन की खोज करते। लेकिन उन्हें सफलता नहीं मिल रही थी।

लंबी उड़ान से वे सभी थक चुके थे। तभी दूर समुद्र के बीच उन्हें एक छोटा-सा टापू दिखाई दिया। सभी गिद्ध उत्सुकता से उस दिशा में उड़ चले। जब वे उस टापू के ऊपर पहुँचे और नीचे देखा, तो उनकी आँखें चमक उठीं।

वह स्थान मानो उनके लिए किसी स्वर्ग से कम नहीं था। चारों ओर हरियाली थी, छोटे-छोटे जलाशय थे और उन जलाशयों में ढेर सारी मछलियाँ तैर रही थीं। जमीन पर जगह-जगह मेंढक और समुद्री जीव भी मौजूद थे। भोजन की इतनी प्रचुरता देखकर सभी गिद्ध बहुत खुश हो गए।

सबसे बड़ी बात यह थी कि वहाँ ऐसा कोई जंगली जानवर नहीं था जो उनका शिकार कर सके। न वहाँ बाघ थे, न शेर और न ही कोई शिकारी पक्षी। इसलिए वे बिना किसी भय के वहाँ रह सकते थे।

जैसे ही गिद्ध उस टापू पर उतरे, युवा गिद्धों में उत्साह की लहर दौड़ गई। उनमें से एक युवा गिद्ध खुशी से उछलते हुए बोला, “वाह! मज़ा आ गया। अब तो मैं यहाँ से कहीं नहीं जाने वाला। यहाँ तो बिना किसी मेहनत के ही हमें बैठे-बैठे खाने को मिल रहा है।”

उसकी बात सुनकर बाकी युवा गिद्ध भी हँसते हुए बोले—“हाँ, बिल्कुल सही कहा। अब हमें न ऊँची उड़ान भरने की जरूरत है और न ही शिकार के लिए मेहनत करनी पड़ेगी।”

धीरे-धीरे सभी गिद्ध उसी टापू पर बस गए। वहाँ उन्हें भोजन की कोई कमी नहीं थी। वे दिन भर खाते, आराम करते और फिर आराम से सो जाते। उनके जीवन में अब मेहनत और संघर्ष की कोई आवश्यकता ही नहीं रह गई थी।

लेकिन उस झुंड में एक बूढ़ा और अनुभवी गिद्ध भी था। उसने अपने जीवन में बहुत कुछ देखा था। वह समझता था कि जीवन में अत्यधिक आराम भी कभी-कभी खतरे का कारण बन जाता है।

वह देख रहा था कि अब कोई भी गिद्ध पहले की तरह ऊँची उड़ान नहीं भरता। पहले जहाँ वे आकाश में घंटों उड़ते रहते थे, अब वे मुश्किल से थोड़ा ऊपर उड़ते और फिर वापस जमीन पर उतर आते। शिकार करने की उनकी आदत भी धीरे-धीरे खत्म होती जा रही थी।

एक दिन बूढ़े गिद्ध ने सभी को इकट्ठा किया और गंभीर स्वर में कहा—"भाइयों, हम गिद्ध हैं। हमारी पहचान हमारी ऊँची उड़ान और तेज़ पंजों से होती है। लेकिन जब से हम इस टापू पर आए हैं, हम सब आरामतलब हो गए हैं। अब कोई ऊँची उड़ान नहीं भरता और न ही कोई शिकार करने की कोशिश करता है।"

कुछ गिद्ध उसकी बात ध्यान से सुन रहे थे, लेकिन कई युवा गिद्ध मुस्कुरा रहे थे।

बूढ़ा गिद्ध आगे बोला, "अगर हम इसी तरह आलसी बने रहे, तो धीरे-धीरे हम अपनी ताकत और कौशल खो देंगे। मैंने निर्णय लिया है कि मैं इस टापू को छोड़कर वापस अपने पुराने जंगलों में लौट जाऊँगा, जहाँ हमें फिर से मेहनत करनी पड़ेगी और अपनी क्षमता को बनाए रखना होगा। यदि कोई मेरे साथ चलना चाहे, तो चल सकता है।"

उसकी बात सुनते ही कुछ युवा गिद्ध ज़ोर-ज़ोर से हँसने लगे।

एक गिद्ध बोला, "अरे बाबा! आप तो बिल्कुल पागल हो गए हैं।"

दूसरा बोला, "इतनी अच्छी जगह छोड़कर कौन जाएगा ? यहाँ तो बिना मेहनत के सब कुछ मिल रहा है।"

कुछ गिद्धों ने तो उसे मूर्ख तक कह दिया।

बूढ़ा गिद्ध समझ गया कि अब कोई उसकी बात नहीं मानेगा। उसने गहरी साँस ली और अकेले ही उस टापू को छोड़कर वापस जंगलों की ओर उड़ गया।

समय बीतता गया। कई वर्ष गुजर गए।

एक दिन बूढ़ा गिद्ध सोचने लगा, "पता नहीं मेरे पुराने साथी अब कैसे होंगे। क्यों न एक बार जाकर उनसे मिल लिया जाए ?"

यह सोचकर वह लंबी यात्रा करते हुए फिर उसी टापू की ओर उड़ चला।

लेकिन जब वह वहाँ पहुँचा, तो जो दृश्य उसने देखा, वह बहुत भयावह था।

टापू पर चारों ओर सन्नाटा पसरा हुआ था। जमीन पर कई गिद्धों के पंख बिखरे पड़े थे। कुछ गिद्ध मरे हुए थे और कुछ घायल अवस्था में पड़े कराह रहे थे।

यह देखकर बूढ़ा गिद्ध दुखी हो गया। उसने एक घायल गिद्ध से पूछा— "यह सब कैसे हो गया ?"

घायल गिद्ध ने धीमी आवाज़ में कहा, "हमें क्षमा कर दीजिए। हमने आपकी बातों को गंभीरता से नहीं लिया और आपका मजाक उड़ाया। आपके जाने

के कुछ महीनों बाद एक बड़ा जहाज इस टापू के पास आकर रुका। उस जहाज से चीतों का एक दल यहाँ उतारा गया।"

वह थोड़ी देर रुका और फिर बोला, "शुरू में चीतों ने हम पर हमला नहीं किया। लेकिन जल्द ही उन्हें समझ में आ गया कि हम अब पहले जैसे नहीं रहे। हम न तो ऊँची उड़ान भर सकते थे और न ही अपने पंजों से बचाव कर सकते थे। हमारी आदतें बदल चुकी थीं। तब उन्होंने एक-एक करके हमें अपना शिकार बनाना शुरू कर दिया।"

घायल गिद्ध की आँखों में आँसू थे। "आज हमारी आबादी खत्म होने की कगार पर है। केवल हम जैसे कुछ घायल गिद्ध ही किसी तरह जीवित बचे हैं।"

बूढ़ा गिद्ध यह सब सुनकर बहुत दुखी हुआ। उसे अपने साथियों की स्थिति पर गहरा अफसोस हुआ। लेकिन अब वह कुछ नहीं कर सकता था।

वह धीरे-धीरे अपने पंख फैलाकर फिर से आसमान की ओर उड़ चला और वापस जंगलों की दिशा में निकल गया।

इस घटना ने एक गहरी सीख दी कि यदि हम अपनी क्षमताओं और कौशल का अभ्यास करना छोड़ दें, तो धीरे-धीरे हम उन्हें खो देते हैं।

चर्चा के बिन्दु

1. यह कहानी आपको कैसी लगी और क्यों ?
2. युवा गिद्ध उत्साहित क्यों थे ?
3. बूढ़ा गिद्ध खुश क्यों नहीं था ?
4. चीतों ने गिद्धों को खाना क्यों शुरू कर दिया था ?
5. गिद्ध अपने उड़ने के कौशल को क्यों भूल गए थे ?
6. आप अपने अंदर निहित कौशल का उपयोग कब बंद कर देते हैं ?

गतिविधि:

कक्षा के सभी विद्यार्थियों को तीन समूहों में बाँट दें। प्रत्येक समूह को दो-दो प्रश्न दिए जाएँ। सभी समूह चर्चा करके अपने विचार पूरी कक्षा के सामने प्रस्तुत करें।

जीवन कौशल (Life Skills)

स्वजागरूकता (Self-Awareness):

अपनी क्षमताओं और कमजोरियों को पहचानना और उन्हें बनाए रखने के लिए प्रयास करना।

निर्णय लेने की क्षमता (Decision Making):

सही समय पर सही निर्णय लेना, जैसे बूढ़े गिद्ध ने आराम के स्थान को छोड़कर कठिन लेकिन सुरक्षित जीवन को चुना।

डर के आगे जीत है

घने जंगल के बीचों-बीच एक विशाल और प्राचीन वृक्ष खड़ा था। उसकी ऊँची-ऊँची शाखाएँ आकाश को छूती प्रतीत होती थीं और हरी-भरी पत्तियों से लदी हुई थीं। उसी वृक्ष की एक मजबूत डाल पर बंदरों का सरदार छोटे से बन्दर के साथ बैठा हुआ था । चारों ओर हरियाली थी, हवा में ठंडक घुली हुई थी और जंगल की चहचहाहट वातावरण को जीवंत बना रही थी।

बंदरों का यह सरदार केवल शक्ति और अनुभव में ही नहीं, बल्कि बुद्धिमत्ता में भी सबसे आगे था। जंगल के बहुत से छोटे बंदर उससे जीवन की बातें और जंगल में जीने के कौशल सीखते थे। उसके साथ बैठा यह छोटा बंदर भी उसका विद्यार्थी था, जो अभी जीवन के अनुभवों को समझना सीख रहा था।

कुछ देर तक दोनों शांत बैठे रहे। तभी छोटे बंदर ने धीरे से कहा, “सरदार जी, मुझे बहुत भूख लगी है। क्या आप मुझे खाने के लिए कुछ पत्तियाँ दे सकते हैं ?”

सरदार ने मुस्कुराकर उस छोटे से बन्दर की ओर देखा और शांत स्वर में कहा, “मैं तुम्हें पत्तियाँ तो दे सकता हूँ, लेकिन इससे अच्छा होगा कि तुम स्वयं अपने लिए पत्तियाँ तोड़ लो।”

यह सुनकर छोटा बंदर थोड़ा उदास हो गया। उसने पेड़ की ओर देखा और फिर बोला,“लेकिन मुझे तो अच्छी पत्तियों की पहचान ही नहीं है। मैं कैसे चुनूँ कि कौन-सी पत्तियाँ खाने लायक हैं ?”

सरदार ने अपनी उँगली से पेड़ की शाखाओं की ओर इशारा करते हुए कहा, “देखो, इस पेड़ पर दो तरह की पत्तियाँ हैं। नीचे की मोटी डालियों पर जो पत्तियाँ हैं, वे पुरानी और कड़ी हो चुकी हैं। वे खाने में उतनी स्वादिष्ट नहीं

होतीं। लेकिन ऊपर की पतली डालियों पर जो पत्तियाँ उगी हैं, वे नई, ताज़ी और बहुत नरम हैं।"

छोटा बंदर ऊपर की ओर देखने लगा। सचमुच, वहाँ की पत्तियाँ बहुत हरी और ताज़ी दिखाई दे रही थीं।

कुछ देर सोचने के बाद उस छोटे से बन्दर ने कहा, "यह तो ठीक नहीं है। भला ये अच्छी-अच्छी पत्तियाँ नीचे क्यों नहीं उग सकतीं, ताकि सभी लोग आसानी से उन्हें खा सकें ?"

सरदार ने हल्की हँसी के साथ कहा, "यही तो बात है, बेटा। अगर वे पत्तियाँ सबकी पहुँच में होतीं, तो क्या वे इतनी ताज़ी और सुरक्षित रह पातीं ? उनके बढ़ने से पहले ही कोई न कोई उन्हें तोड़ कर खा लेता।"

छोटा बंदर सरदार की बात ध्यान से सुन रहा था, लेकिन उसके मन में अभी भी एक चिंता थी। उसने थोड़ा घबराते हुए कहा, "लेकिन उन पतली डालियों पर चढ़ना तो खतरनाक है। अगर डाली टूट गई तो ? अगर मेरा पाँव फिसल गया तो ? मैं नीचे गिरकर घायल भी हो सकता हूँ।"

सरदार ने उसकी ओर गंभीरता से देखा और धीरे-धीरे कहा, "सुनो बेटा, एक बात हमेशा याद रखना, हम अपने दिमाग में खतरे की जो तस्वीर बना लेते हैं, अक्सर असली खतरा उससे कहीं छोटा होता है।"

छोटा बंदर कुछ सोचने लगा। फिर उसने एक और सवाल पूछा, "अगर ऐसा है, तो फिर हर बंदर उन ऊँची डालियों से ताज़ी पत्तियाँ क्यों नहीं तोड़ता ?"

सरदार ने गहरी साँस ली और बोला,"क्योंकि ज्यादातर बंदरों को डर के साथ जीने की आदत पड़ चुकी होती है। वे सड़ी-गली पत्तियाँ खाकर भी संतुष्ट हो

जाते हैं और उसी की शिकायत करते रहते हैं। लेकिन वे कभी जोखिम उठाकर वह पाने की कोशिश नहीं करते, जो वे सच में पाना चाहते हैं।"

फिर उसने स्नेह पूर्वक अपने विद्यार्थी छोटे से बन्दर के कंधे पर हाथ रखते हुए कहा, "लेकिन तुम ऐसा मत करना। यह जंगल अनगिनत संभावनाओं से भरा हुआ है। अगर तुम अपने डर को जीत लोगे, तो तुम वह सब पा सकते हो जो तुम सच में चाहते हो। डर के कारण पीछे हट जाना आसान होता है, लेकिन साहस के साथ आगे बढ़ना ही सच्ची सफलता है।"

सरदार की बातें छोटे बंदर के मन में गहराई तक उतर गईं। अब उसके चेहरे पर पहले जैसी घबराहट नहीं थी। उसकी आँखों में आत्मविश्वास झलकने लगा था।

उसने धीरे से कहा, "आप सही कह रहे हैं। अगर मैं डरता रहूँगा, तो मुझे कभी भी अच्छी पत्तियाँ नहीं मिलेंगी।" इतना कहकर उसने सावधानी से ऊपर की ओर चढ़ना शुरू किया। शुरुआत में उसके मन में थोड़ा डर था, लेकिन उसने अपने कदम संतुलित रखे और धीरे-धीरे पतली डालियों की ओर बढ़ता गया।

कुछ ही क्षणों में वह उन ताज़ी और नरम पत्तियों तक पहुँच गया। उसने एक पत्ती तोड़ी और उसे चखा। उसका स्वाद सचमुच बहुत अच्छा था।

छोटे बंदर के चेहरे पर खुशी छा गई। उसने पेट भरकर ताज़ी पत्तियाँ खाईं और फिर संतोष के साथ नीचे उतर आया।

सरदार उसे मुस्कुराकर देख रहा था। उसने कहा,"देखा, डर को पीछे छोड़कर आगे बढ़ने का परिणाम कितना अच्छा होता है।"

छोटा बंदर अब समझ चुका था कि जीवन में सफलता और खुशी उन्हीं को मिलती है, जो अपने डर पर विजय पाने का साहस रखते हैं।

उस दिन उसने केवल ताज़ी पत्तियाँ ही नहीं खाईं, बल्कि जीवन का एक महत्वपूर्ण पाठ भी सीख लिया।

हम अक्सर अपने मन में खतरों को बहुत बड़ा बना लेते हैं, जबकि वास्तविकता में वे उतने बड़े नहीं होते। यदि हम केवल डरते रहें और प्रयास ही न करें, तो हम जीवन की अनेक संभावनाओं से वंचित रह जाते हैं। लेकिन यदि हम साहस के साथ आगे बढ़ें, तो हम अपने सपनों और इच्छाओं को साकार कर सकते हैं।

सच तो यह है कि हिम्मत ही हमें वह जीवन दे सकती है, जिसे हम सच में जीना चाहते हैं।

चर्चा के बिन्दु :

1. बन्दर ने अपने विद्यार्थी को पत्तियाँ तोड़कर क्यों नहीं दी थीं ?
2. बन्दर के विद्यार्थी ने अपनी क्या चिंता जाहिर की थी ?
3. बन्दरों के सरदार ने अपने विद्यार्थी को क्या सीख दी और क्यों ?
4. यदि आप बन्दरों के सरदार की जगह होते तो क्या करते ?
5. आपको किस-किस प्रकार के खतरों से डर लगता है और क्यों ?

जीवन कौशल (Life Skills)

निर्णय लेने की क्षमता (Decision Making):
सही परिस्थिति में साहस के साथ निर्णय लेना और अपने डर से ऊपर उठकर सही रास्ता चुनना।

सहभागिता (Participation):
सीखने की प्रक्रिया में सक्रिय रूप से भाग लेना और स्वयं अनुभव करके ज्ञान प्राप्त करना।

परोपकार का वृक्ष

बहुत समय पहले की बात है। कंचनपुर नामक एक समृद्ध और सुन्दर राज्य था। उस राज्य का राजा अत्यंत न्यायप्रिय, दयालु और समझदार था। वह केवल अपने सिंहासन और वैभव के लिए ही प्रसिद्ध नहीं था, बल्कि अपनी प्रजा के प्रति उसके प्रेम और संवेदनशीलता के कारण भी दूर-दूर तक उसका नाम आदर के साथ लिया जाता था।

राजा ने अपने जीवन में अनेक कठिनाइयों और संघर्षों का सामना किया था। युवावस्था में उसने कई संकट देखे थे। कभी युद्ध, कभी अकाल और कभी अपने परिवार के दुख। इन अनुभवों ने उसके हृदय को बहुत संवेदनशील बना दिया था। यही कारण था कि वह अपनी प्रजा के दुःख-दर्द को बहुत गहराई से समझता था।

राजा का मानना था कि एक सच्चा शासक वही है जो अपनी प्रजा को अपने परिवार की तरह समझे।

कंचनपुर की प्रजा भी अपने राजा से बहुत प्रेम करती थी। वे उसे केवल राजा ही नहीं, बल्कि अपना संरक्षक और मार्गदर्शक मानते थे।

राजा की एक आदत बड़ी अनोखी थी। वह समय-समय पर गुप्त वेश में अपने राज्य का भ्रमण करता था। वह ऐसा इसलिए करता था ताकि वह बिना किसी औपचारिकता के अपनी प्रजा के जीवन को करीब से देख सके और उनकी समस्याओं को समझ सके।

एक दिन वह साधारण वस्त्र पहनकर अकेले ही अपने राज्य के एक दूरस्थ गाँव की ओर निकल पड़ा।

चलते-चलते वह एक शांत और हरियाली से भरे स्थान पर पहुँचा। वहाँ एक वृद्ध व्यक्ति जमीन में गड्ढा खोदकर कुछ रोप रहा था। उसके चेहरे पर उम्र की रेखाएँ साफ दिखाई दे रही थीं, लेकिन उसके हाथों में अभी भी मेहनत की ताकत थी।

राजा उस दृश्य को देखकर उत्सुक हो उठा। वह धीरे-धीरे उस वृद्ध के पास गया और विनम्र स्वर में बोला, "दादा, आप यहाँ क्या लगा रहे हैं ?"

वृद्ध ने मुस्कुराकर उसकी ओर देखा और शांत स्वर में उत्तर दिया, "बेटा, मैं यहाँ आम का पौधा लगा रहा हूँ।"

राजा यह सुनकर कुछ क्षण के लिए सोच में पड़ गया। उसने मन ही मन हिसाब लगाया कि आम के पेड़ को बड़ा होने और फल देने में कई वर्ष लग जाते हैं। उसने वृद्ध की ओर देखा, उसकी झुकी हुई कमर और सफेद बाल बता रहे थे कि वह जीवन के अंतिम पड़ाव पर है।

राजा ने थोड़े आश्चर्य और चिंता के साथ पूछा, "दादा, इस पौधे को बड़ा होने और फल देने में तो कई साल लग जाएंगे। तब तक क्या आप जीवित रहेंगे?"

राजा के स्वर में हल्की-सी मायूसी थी। उसे लग रहा था कि यह वृद्ध ऐसा काम कर रहा है जिसका फल उसे स्वयं नहीं मिल पाएगा।

वृद्ध ने राजा की आँखों में झाँकते हुए हल्की मुस्कान के साथ कहा, "लगता है तुम सोच रहे हो कि मैं व्यर्थ का काम कर रहा हूँ। तुम्हें लगता होगा कि जिस काम से हमें खुद लाभ न मिले, उस पर मेहनत करना बेकार है।"

राजा चुपचाप उसकी बात सुन रहा था।

वृद्ध आगे बोला, “लेकिन ज़रा यह भी तो सोचो कि मैंने अपने जीवन में कितने पेड़ों के फल खाए हैं। वे पेड़ किसने लगाए थे ? क्या वे मेरे लिए लगाए गए थे ?”

राजा ने धीरे से सिर हिलाया।

वृद्ध ने कहा, “नहीं बेटा, वे पेड़ किसी और ने लगाए थे। किसी ने भविष्य के लोगों के बारे में सोचकर मेहनत की थी। उन्हीं पेड़ों की छाया में मैंने विश्राम किया, उन्हीं के फल खाकर मैंने अपनी भूख मिटाई।”

फिर वह पौधे की जड़ों में मिट्टी डालते हुए बोला, “यदि मैं भी यही सोचता कि मुझे तो इसका फल नहीं मिलेगा, तो क्या आज मैं उन पेड़ों का फल खा पाता ?”

राजा ध्यानपूर्वक उसकी बातें सुन रहा था।

वृद्ध ने गंभीर स्वर में कहा, “इस संसार में हम केवल अपने लिए नहीं जीते। हमें दूसरों के बारे में भी सोचना चाहिए। यदि हर व्यक्ति केवल अपने लाभ के लिए ही काम करे, तो यह संसार कितना स्वार्थी हो जाएगा।”

उसने आगे कहा, “मैं यह पौधा इसलिए लगा रहा हूँ कि आने वाले समय में कोई यात्री इसकी छाया में विश्राम कर सके, कोई बच्चा इसके मीठे फल खा सके और कोई थका हुआ किसान इसकी छाया में बैठकर अपनी थकान मिटा सके।”

वृद्ध की बातें सुनकर राजा का हृदय बहुत प्रभावित हुआ। उसने महसूस किया कि यह साधारण-सा दिखने वाला वृद्ध वास्तव में बहुत महान विचारों वाला व्यक्ति है।

राजा ने विनम्रता से कहा, "दादा, आपकी बातें सचमुच बहुत प्रेरणादायक हैं। आज आपने मुझे एक बड़ी सीख दी है।"

वृद्ध मुस्कुराया और बोला, "बेटा, जीवन का सबसे बड़ा सुख दूसरों के लिए कुछ करने में है।"

राजा ने उस वृद्ध को प्रणाम किया और वहाँ से आगे बढ़ गया। उसके मन में उस वृद्ध के विचार बार-बार गूंज रहे थे।

महल पहुँचने के बाद उसने पूरे राज्य में अधिक से अधिक पेड़ लगाने का अभियान शुरू करने का आदेश दिया। उसने प्रजा को भी प्रेरित किया कि वे आने वाली पीढ़ियों के लिए पेड़ लगाएँ और प्रकृति की रक्षा करें।

कुछ ही वर्षों में कंचनपुर का राज्य और भी हरा-भरा और सुंदर हो गया। राजा जब भी उन पेड़ों को देखता, तो उसे उस वृद्ध की बातें याद आ जातीं।

उस दिन राजा ने केवल एक पौधा नहीं देखा था, बल्कि उसने परोपकार और संवेदनशीलता का एक अमूल्य पाठ सीखा था।

सच ही कहा गया है, जो व्यक्ति केवल अपने लिए जीता है, वह छोटा जीवन जीता है; लेकिन जो दूसरों के लिए जीता है, उसका जीवन महान बन जाता है।

चर्चा के बिन्दु :

1. राजा प्रजा के दुःख-दर्द को अपना क्यों समझता था ?
2. राजा के पूछने पर वृद्ध ने क्या उत्तर दिया ?
3. क्या हमें हर कार्य केवल अपने फायदे के लिए ही करना चाहिए ?
4. यदि आप उस वृद्ध की जगह होते तो क्या करते ?
5. हमें दूसरों के दुःख-दर्द को अपना क्यों समझना चाहिए ?

6. क्या आपने कभी अपने किसी साथी की मदद की है ? कब और कैसे ?
7. क्या किसी साथी ने आपके दुःख-दर्द में आपकी मदद की है ? कब और कैसे?
8. हमें पेड़ क्यों लगाने चाहिए ?

जीवन कौशल (Life Skill)

तदानुभूति (Empathy):

दूसरों की भावनाओं और आवश्यकताओं को समझना तथा उनके हित के बारे में सोचना ही तदानुभूति है। इस कहानी में वृद्ध व्यक्ति और राजा दोनों ही दूसरों के हित के बारे में सोचने की प्रेरणा देते हैं।

आपसी रिश्तों की डोर

दोपहर का समय था। विद्यालय की छुट्टी हो चुकी थी और बच्चे हँसते-बोलते अपने-अपने घरों की ओर लौट रहे थे। उन्हीं बच्चों के बीच कमला भी अपने दादा जी का हाथ थामे घर की ओर जा रही थी। कमला चंचल स्वभाव की, जिज्ञासु और समझदार लड़की थी। उसे रास्ते में दिखाई देने वाली हर छोटी-बड़ी चीज़ के बारे में सवाल पूछने की आदत थी।

घर लौटते समय रास्ते में बाज़ार पड़ता था। कमला और उसके दादा जी अक्सर वहीं से गुजरते थे। कभी वे सब्जी खरीद लेते, कभी किसी दुकान से मिठाई ले आते, तो कभी मोची अंकल से जूते की मरम्मत करवा लेते।

उस दिन चलते-चलते अचानक कमला की नज़र अपने जूते पर पड़ी। उसने देखा कि उसका जूता आगे से थोड़ा फट गया था।

वह तुरंत रुक गई और दादा जी से बोली, "दादा जी, मेरा जूता फट गया है। क्या हम रास्ते में मोची अंकल से इसे सिलवा सकते हैं ?"

दादा जी ने जूते को ध्यान से देखा और प्यार से बोले, "बेटा, आज बाजार की सभी दुकानें बंद हैं। आज हड़ताल है, इसलिए कोई भी दुकान नहीं खुली है। क्या हम कल यह काम कर सकते हैं ?"

कमला ने सिर हिलाकर हामी तो भर दी, लेकिन उसके मन में एक चिंता घर कर गई। रास्ते भर वह यही सोचती रही, "अगर कल भी मोची अंकल की दुकान नहीं खुली तो क्या होगा ? मेरा जूता कैसे ठीक होगा ?"

घर पहुँचते ही उसने अपना बैग रखा और सीधे दादा जी के पास आकर बैठ गई।

कुछ क्षण चुप रहने के बाद उसने कहा, “दादा जी, मुझे एक बात की चिंता हो रही है।”

दादा जी मुस्कुराकर बोले, “क्या बात है बेटा ?”

कमला बोली, “अगर कल भी मोची अंकल की दुकान नहीं खुली, तो मेरा जूता कैसे सिलेगा ? और अगर जुम्मन चाचा कपड़े सिलना बंद कर दें, कुम्हार चाचा मटके बनाना बंद कर दें और किसान दद्दू भुट्टे उगाना बंद कर दें, तो हमारा क्या होगा ?”

कमला की बात सुनकर दादा जी हल्के से मुस्कुरा दिए। उन्होंने महसूस किया कि कमला केवल अपने जूते की चिंता नहीं कर रही, बल्कि वह दुनिया के कामकाज के बारे में सोचने लगी है।

दादा जी ने प्यार से समझाते हुए कहा, “बेटा, तुमने बहुत अच्छी बात सोची है। दरअसल हम सभी लोग एक-दूसरे पर निर्भर होते हैं।”

कमला उत्सुकता से उनकी ओर देखने लगी। दादा जी बोले, “जैसे जुम्मन चाचा कपड़े सिलते हैं, लेकिन जब उनके जूते फट जाते हैं तो उन्हें भी मोची अंकल के पास जाना पड़ता है। उसी तरह जब मोची अंकल को नए कपड़े चाहिए होते हैं, तो वे जुम्मन चाचा के पास जाते हैं।”

कमला ध्यान से सुन रही थी। दादा जी आगे बोले, “अगर हमें पानी रखने के लिए मटका चाहिए, तो हमें कुम्हार चाचा की जरूरत होती है और यदि हमें अनाज या भुट्टा चाहिए, तो हमें किसान दद्दू की जरूरत होती है। इसी तरह हर व्यक्ति का काम दूसरे व्यक्ति के काम से जुड़ा होता है।”

फिर उन्होंने कहा, “इसी को **पारस्परिक निर्भरता** कहते हैं। इसका मतलब है कि हम सब एक-दूसरे की मदद से ही अपना जीवन बेहतर बना पाते हैं।”

कमला अब धीरे-धीरे बात समझने लगी थी।

दादा जी ने कमला से पूछा, “बताओ, स्कूल में भी क्या ऐसा नहीं होता ? क्या तुम्हें अपने साथियों और शिक्षकों की जरूरत नहीं पड़ती ?”

कमला तुरंत बोली, “हाँ दादा जी, बिल्कुल पड़ती है। हम सब मिलकर पढ़ते हैं, खेलते हैं और एक-दूसरे की मदद भी करते हैं।”

दादा जी मुस्कुराए और बोले, “और जब तुम अपने दोस्तों से बात करती हो, तो तुम्हें कैसा व्यवहार करना चाहिए ?”

कमला थोड़ी देर सोचकर बोली, “हमें एक-दूसरे की बात ध्यान से सुननी चाहिए और प्यार से जवाब देना चाहिए, ताकि किसी को हमारी बात बुरी न लगे।”

दादा जी ने खुशी से कहा, “बिल्कुल सही कहा तुमने। जब हम दूसरों की बात समझते हैं और विनम्रता से अपनी बात कहते हैं, तो हमारे रिश्ते मजबूत बनते हैं।”

उन्होंने आगे समझाया, “अच्छा व्यवहार और सही तरीके से बातचीत करना ही **सम्प्रेषण कौशल** कहलाता है। इससे हम दूसरों के साथ अच्छे संबंध बना सकते हैं।”

कमला को अब दादा जी की बातें बहुत अच्छी लग रही थीं। उसे समझ में आ गया था कि दुनिया में कोई भी व्यक्ति अकेले सब कुछ नहीं कर सकता। हर किसी को किसी न किसी की जरूरत होती है।

उसने मुस्कुराते हुए कहा, “दादा जी, अब मुझे समझ में आ गया है कि हम सब एक-दूसरे पर निर्भर हैं।”

दादा जी ने स्नेह से उसके सिर पर हाथ फेरते हुए कहा, "हाँ बेटा, और इसी कारण हमें एक-दूसरे के साथ सम्मान और प्रेम से व्यवहार करना चाहिए।"

अब कमला की चिंता दूर हो चुकी थी। उसे विश्वास हो गया था कि हड़ताल खत्म होने के बाद बाज़ार की दुकानें फिर से खुल जाएँगी और मोची अंकल उसका जूता भी ठीक कर देंगे।

उस दिन कमला ने केवल अपने जूते की चिंता का समाधान ही नहीं पाया, बल्कि उसने जीवन की एक महत्वपूर्ण सीख भी प्राप्त की कि हम सभी एक-दूसरे से जुड़े हुए हैं और बेहतर जीवन के लिए अच्छे संबंध और अच्छी बातचीत बहुत आवश्यक है।

चर्चा के बिन्दु :

1. यह कहानी आपको कैसी लगी और क्यों ?
2. बाजार की सभी दुकानें बंद क्यों थीं ?
3. कमला की चिंता क्या थी ?
4. आप स्कूल में अपने साथियों से कैसे बातचीत करते हैं ?
5. आपसी बातचीत और व्यवहार में हमें किन बातों का ध्यान रखना चाहिए ?
6. ऐसी कोई घटना बताइए जब किसी की बात या व्यवहार आपको बुरा लगा हो ?

जीवन कौशल (Life Skills)

अंतर वैयक्तिक संबंध (Interpersonal Skills):

दूसरों के साथ अच्छे संबंध बनाना और सहयोग की भावना रखना।

सम्प्रेषण कौशल (Communication Skills):

दूसरों की बात ध्यान से सुनना, समझना और सम्मानपूर्वक अपनी बात कहना।

मुनमुन के सवाल

सुबह का समय था। गाँव की गलियों में आज कुछ अलग ही चहल-पहल थी। चारों ओर असाधारण हलचल दिखाई दे रही थी। जहाँ सामान्य दिनों में धूल उड़ती रहती थी, गन्दगी के ढेर लगे रहते थे, वहीं आज झाड़ू लगाकर गलियों को साफ किया जा रहा था। कुछ लोग कचरा इकट्ठा करके बाहर फेंक रहे थे, तो कुछ लोग चौराहों पर रंग-बिरंगे झंडे और बैनर बाँधने में व्यस्त थे।

लाउडस्पीकर पर जोर-जोर से देशभक्ति के गीत और नारों की आवाज़ गूंज रही थी। गाँव के चौपाल के पास एक बड़ा मंच भी सजाया जा रहा था। ऐसा लग रहा था मानो गाँव में कोई बड़ा उत्सव होने वाला हो।

गाँव की छोटी-सी बच्ची मुनमुन यह सब देखकर हैरान थी। वह रोज इसी रास्ते से अपने स्कूल जाती थी। लेकिन आज उसे सब कुछ बदला-बदला दिखाई दे रहा था। रास्ते में वह जगह भी थी जहाँ अक्सर दो-तीन सांड आपस में लड़ते रहते थे और बच्चे डरते-डरते वहाँ से गुजरते थे। लेकिन आज वहाँ एक भी आवारा पशु दिखाई नहीं दे रहा था।

मुनमुन मन ही मन सोच रही थी, “आखिर एक ही दिन में मेरे गाँव में इतना बड़ा बदलाव कैसे हो गया ?”

तभी सामने से उसके अपने पापा आते हुए दिखाई दिए।

मुनमुन तुरंत उनके पास दौड़कर गई और उत्सुकता से बोली, “पापा, आज गाँव में क्या होने वाला है ? इतनी सफाई क्यों हो रही है ? कौन आने वाला है ?”

पापा ने मुस्कुराकर कहा, “बेटा, आज हमारे गाँव में नेताजी आने वाले हैं। इसलिए पूरे गाँव को साफ-सुथरा किया जा रहा है।”

यह सुनकर मुनमुन थोड़ी देर सोचने लगी। फिर उसने एक और सवाल पूछ लिया, "लेकिन पापा, ऐसी साफ-सफाई तो गाँव में रोज होनी चाहिए ना ? सिर्फ नेताजी के आने पर ही क्यों ?"

पापा कुछ पल के लिए चुप हो गए। फिर बोले, "बेटा, अक्सर ऐसा ही होता है। जब कोई बड़ा अधिकारी या नेता आने वाला होता है, तब ही सफाई और सजावट की जाती है।"

मुनमुन की जिज्ञासा अभी शांत नहीं हुई थी। उसने आगे पूछा, "पापा, यह सड़क भी आज जल्दी-जल्दी पक्की क्यों बनाई जा रही है ?"

पापा ने समझाते हुए कहा, "बेटा, नेताजी जिस रास्ते से गुजरेंगे, उसी रास्ते को ठीक किया जा रहा है।"

मुनमुन ने तुरंत जवाब दिया, "लेकिन पापा, हमारी गली की सड़क भी तो ठीक होनी चाहिए। बारिश के दिनों में हमें स्कूल जाने में कितनी परेशानी होती है।"

पापा ने अपनी गली की ओर देखा। सचमुच, उनकी गली की सड़क कच्ची थी और बरसात में कीचड़ से भर जाती थी।

मुनमुन अभी भी बोलती जा रही थी, "और पापा, वह पानी का हैंडपंप भी देखिए। वह भी नेताजी के घर के सामने ही लगाया गया है। बाकी लोग पानी कहाँ से लाएँगे ?"

मुनमुन के सवाल सुनकर पापा थोड़े असहज हो गए। वे खुद भी इन बातों के बारे में कभी इतनी गहराई से नहीं सोच पाए थे। कुछ क्षण चुप रहने के बाद उन्होंने कहा, "बेटा, तुम जो कह रही हो, वह बिल्कुल सही है। लेकिन यह सब नेताजी को दिखाने के लिए किया जा रहा है।"

मुनमुन ने तुरंत कहा, "तो पापा, आपको नेताजी को बताना चाहिए ना कि उनके जाने के बाद गाँव की हालत फिर वैसी ही हो जाएगी।"

पापा मुनमुन की बात सुनकर सोच में पड़ गए। उन्हें महसूस हुआ कि यह छोटी-सी बच्ची कितने बड़े और महत्वपूर्ण सवाल पूछ रही है।

इसी बीच गाँव में गाड़ियों का एक काफिला प्रवेश करता दिखाई दिया।

लोग जोर-जोर से नारे लगाने लगे—

"नेताजी की जय !"

"नेताजी ज़िंदाबाद !"

गाँव के लोग नेताजी के स्वागत के लिए फूलों की मालाएँ लेकर खड़े थे।

मुनमुन भी अपने पापा के साथ भीड़ में खड़ी हो गई। लेकिन उसके मन में अभी भी वही सवाल घूम रहे थे। जब नेताजी मंच की ओर बढ़ रहे थे, तब मुनमुन जोर-जोर से चिल्लाने लगी—

"नेताजी ! हमारे गाँव की खराब हालत क्यों नहीं देखते ?"

"नेताजी ! हमारी गली की सड़क कब बनेगी ?"

लेकिन भीड़ के शोर और नारों के बीच उसकी छोटी-सी आवाज़ किसी तक नहीं पहुँच पाई।

पापा ने उसे हल्के से डाँटते हुए कहा, "अब चुप भी रहो, क्यों-क्यों छोरी !"

लेकिन मुनमुन चुप होकर भी सोचती रही। उसके मन में यह सवाल गूंजता रहा कि अगर गाँव की सफाई और विकास जरूरी है, तो वह केवल किसी खास दिन के लिए ही क्यों किया जाता है ?

उस दिन मुनमुन ने अपने छोटे-छोटे सवालों से एक बड़ी बात समझ ली थी कि समाज में बदलाव लाने के लिए सवाल करना भी जरूरी होता है और कभी-कभी बच्चों के सवाल ही बड़ों को सोचने के लिए मजबूर कर देते हैं।

चर्चा के बिन्दु :

1. यह कहानी आपको कैसी लगी और क्यों ?
2. आपके गाँव में कब-कब साफ-सफाई होती है ?
3. क्या आपके गाँव में पक्की सड़क है ? कब बनी थी ?
4. आप गाँव की खराब हालत के लिए किसे जिम्मेदार मानते हैं ?
5. आपके गाँव में किन लोगों को नेताजी के नाम से जाना जाता है ? उनके बारे में बताइए।
6. मुनमुन हर बात पर सवाल करती है। आप किन-किन बातों पर सवाल करते हैं ?

जीवन कौशल (Life Skills)

समालोचनात्मक चिंतन (Critical Thinking):
किसी भी परिस्थिति को समझने, प्रश्न पूछने और उसके कारणों पर विचार करने की क्षमता।

स्व-जागरूकता (Self-Awareness):
अपने आसपास की परिस्थितियों को समझना और समाज में अपनी भूमिका को पहचानना।

नव्या के खिलौने

सुबह का समय था। घर में रोज़ की तरह हलचल थी। रसोई से चाय और नाश्ता की खुशबू आ रही थी, पापा ऑफिस जाने की तैयारी कर रहे थे और मम्मी घर के कामों में व्यस्त थीं। लेकिन घर के एक कमरे में छोटी-सी नव्या बहुत परेशान दिखाई दे रही थी।

नव्या अपने कमरे में इधर-उधर दौड़ रही थी। कभी वह अलमारी खोलकर देखती, कभी पलंग के नीचे झाँकती और कभी मेज़ के ऊपर रखे सामान को उलट-पलट देती। उसके चेहरे पर बेचैनी साफ झलक रही थी।

दरअसल, उसे अपने खिलौने नहीं मिल रहे थे। नव्या को अपने खिलौनों से बहुत प्यार था। उसके पास रंग-बिरंगी गुड़िया, छोटी कारें, बिल्डिंग ब्लॉक्स और कई तरह के खिलौने थे। स्कूल से लौटने के बाद वह रोज़ थोड़ी देर खेलती थी और खेलते-खेलते घर के अलग-अलग कोनों में अपने खिलौने रख देती थी।

लेकिन आज जब उसने खेलने के लिए अपने खिलौने ढूँढ़ने शुरू किए, तो उसे एक भी खिलौना नहीं मिला। वह पूरे घर में दो-दो बार ढूँढ़ चुकी थी, लेकिन खिलौनों का कहीं पता नहीं था।

अब वह झुंझलाने लगी। वह गुस्से में मम्मी के पास गई और बोली, "मम्मी, मेरे खिलौने कहाँ चले जाते हैं ? रोज़-रोज़ उन्हें ढूँढ़ना पड़ता है। आप लोग मेरे खिलौने क्यों छेड़ते रहते हो ?"

मम्मी भी उस समय काम में व्यस्त थीं। उन्होंने थोड़े झुंझलाए स्वर में कहा, "बेटे, तुम भी तो रोज़ पूरे घर में अपने खिलौने फैला कर रख देती हो। बस, इसलिए तुम्हारे पापा ने सब खिलौने एक बोरे में भरकर ऊपर रख दिए हैं।"

यह सुनकर नव्या को बहुत बुरा लगा। उसकी आँखों में आँसू आ गए और वह गुस्से में बोली, “पापा के भी तो कितने सामान पूरे घर में फैले रहते हैं। मैंने तो कभी उनका सामान उठाकर बोरे में नहीं भरा !”

मम्मी चुपचाप उसकी बात सुनती रहीं।

नव्या बोलती जा रही थी, “आप ही देखो ना, पापा का शेविंग बॉक्स, उनके जूते, चश्मा, शॉक्स, घड़ी, पेन और चाबियाँ सब घर में इधर-उधर पड़े रहते हैं। लेकिन किसी को वह दिखाई नहीं देता। सबको बस मेरे ही खिलौने दिखते हैं, जिन्हें बोरे में भरना होता है।”

यह कहते-कहते नव्या रोने लगी। उसकी आँखों से आँसू बहने लगे।

मम्मी को अपनी बेटी की तकलीफ समझ में आ गई। उन्होंने उसे प्यार से अपनी गोद में बैठा लिया और उसके सिर पर हाथ फेरते हुए उसे शांत करने लगीं।

नव्या मम्मी की गोद में सिर रखकर धीरे-धीरे सुबक रही थी। कुछ देर बाद उसने धीमी आवाज़ में कहा, “मम्मा, आप पापा से कहो ना कि मेरे खिलौने बोरे में भरकर ना रखा करें। अगर ऐसा ही होगा तो एक दिन मैं भी उनके सारे सामान बोरे में भरकर ऐसी जगह छुपा दूँगी कि वे ढूँढ़ते रह जाएंगे।”

फिर वह थोड़ा रुककर बोली, “क्या हम बच्चों को घर में खेलने का भी अधिकार नहीं है ?”

उसकी मासूम बात सुनकर मम्मी के चेहरे पर हल्की-सी मुस्कान आ गई। उसी समय पास के कमरे में बैठे पापा यह सारी बातें सुन रहे थे। असल में वे चुपचाप अख़बार पढ़ रहे थे, लेकिन नव्या की आवाज़ उनके कानों तक साफ-साफ पहुँच रही थी।

नव्या की बातें सुनकर पापा को एहसास हुआ कि उनकी बेटी गलत नहीं कह रही है।

उन्होंने सोचा, “सच में, घर में बच्चों को खेलने का पूरा अधिकार होना चाहिए। और यदि हमें बच्चों से अनुशासन की उम्मीद है, तो हमें भी अपने व्यवहार में अनुशासन दिखाना चाहिए।”

पापा उठे और कमरे से बाहर चले गए। कुछ ही देर बाद वे एक बड़ा बोरा लेकर वापस आए। उस बोरे में नव्या के सारे खिलौने थे।

नव्या ने जैसे ही बोरा देखा, उसकी आँखों में चमक आ गई।

पापा मुस्कुराते हुए बोले, “नव्या बेटा, ये रहे तुम्हारे सारे खिलौने। अब से तुम आराम से खेल सकती हो।”

नव्या खुशी से उछल पड़ी। वह दौड़कर पापा के पास गई और बोली, “सच में पापा ? अब मेरे खिलौने बोरे में नहीं रखोगे ?”

पापा ने प्यार से उसके सिर पर हाथ फेरते हुए कहा, “नहीं बेटा, लेकिन एक शर्त है।”

नव्या उत्सुकता से बोली, “कौन-सी शर्त ?”

पापा बोले, “तुम खेलो जरूर, लेकिन खेलने के बाद अपने खिलौनों को सही जगह पर रखना भी सीखो। इससे घर भी साफ रहेगा और तुम्हारे खिलौने भी सुरक्षित रहेंगे।”

नव्या ने तुरंत सिर हिलाकर कहा, “ठीक है पापा, मैं अब से अपने खिलौने खेलने के बाद ठीक से रखूँगी।”

अब घर का वातावरण फिर से खुशियों से भर गया था। नव्या अपने खिलौनों के साथ खेलने लगी और पापा-मम्मी उसे मुस्कुराते हुए देख रहे थे।

उस दिन नव्या ने सिर्फ अपने खिलौने ही वापस नहीं पाए थे, बल्कि उसने यह भी समझ लिया था कि अच्छे रिश्ते बनाने के लिए हमें एक-दूसरे की बात समझनी और सम्मान देना चाहिए।

चर्चा के बिन्दु :

1. यह कहानी आपको कैसी लगी और क्यों ?
2. नव्या क्यों झुंझला रही थी ?
3. नव्या के पापा ने उसके खिलौने बोरे में भरकर क्यों रख दिए थे ?
4. क्या आपके घर में भी कभी ऐसा होता है कि सामान इधर-उधर पड़ा रहता है ? आपको कैसा लगता है ?
5. खेलने से रोके जाने पर आपको कैसा लगता है ?
6. क्या विद्यार्थियों को खेलने का अधिकार मिलना चाहिए ?

जीवन कौशल (Life Skills)

स्वजागरूकता (Self-Awareness):
अपने व्यवहार और जिम्मेदारियों को समझना तथा उन्हें सुधारने का प्रयास करना।

अंतर वैयक्तिक संबंध (Interpersonal Skills):
परिवार के सदस्यों के साथ प्रेम, समझ और सम्मान के साथ व्यवहार करना।

दोस्ती की डोर

मकर संक्रांति का दिन था। आसमान रंग-बिरंगी पतंगों से भरा हुआ था। हवा में उत्साह और उल्लास घुला हुआ था। हर छत पर बच्चे, युवा और बड़े पतंग उड़ाने में व्यस्त थे। कहीं "वो काटा...!" की जोरदार आवाज़ सुनाई देती, तो कहीं तालियों और खुशियों का शोर गूँज उठता।

इसी उत्साहपूर्ण माहौल में एक मकान की छत पर तनुजा और जैनब पतंग उड़ा रहे थे। दोनों अच्छे मित्र थे और हर साल इस दिन पतंगबाज़ी का भरपूर आनंद लेते थे।

तनुजा डोर संभालकर पतंग उड़ा रही थी, जबकि जैनब चरखी पकड़े हुए उसकी मदद कर रहा था। तनुजा की पतंग आसमान में बहुत ऊँचाई पर उड़ रही थी और हवा के साथ लहराते हुए बाकी पतंगों को चुनौती दे रही थी।

कुछ ही देर में तनुजा ने एक दूसरी पतंग से मुकाबला किया। दोनों पतंगें हवा में लहराते हुए एक-दूसरे के करीब आईं। तनुजा ने बड़ी कुशलता से डोर को खींचा और ढील दी।

"वो काटा...!" छतों से एक साथ आवाज़ उठी।

पहली पतंग कट चुकी थी। तनुजा और जैनब खुशी से झूम उठे।

कुछ देर बाद फिर एक और पतंग से मुकाबला हुआ और इस बार भी तनुजा की पतंग जीत गई। अब तक तनुजा तीन पतंगें काट चुकी थी। उसका उत्साह सातवें आसमान पर था और उसकी पतंग भी मानो बादलों को छूने जा रही थी।

आस-पास की छतों पर खड़े लोग अब तनुजा की पतंग से मुकाबला करने में थोड़ा हिचकिचा रहे थे।

जैनब चरखी पकड़े हुए बोला, "तनुजा, यह तीनों पतंगें इस तेज़ मांझे की वजह से कटी हैं या यह तुम्हारे हाथों का कमाल है ?"

तनुजा मुस्कुराते हुए बोली, "अरे जैनब, तुम साथ न होते तो पतंग काटना इतना आसान थोड़ी होता। और यह तेज़ मांझा तो बड़े भैया की देन है। पता नहीं किस दुकान से खरीद कर लाते हैं। मजाल जो कोई पतंग हमारी पतंग के आस-पास भी फटक जाए।"

जैनब हँसते हुए बोला, "हाँ, यह बात तो सही है। लेकिन कभी मुझे भी तो हवा में पतंग उड़ाने का मौका मिलना चाहिए ना।"

यह कहते हुए उसने चरखी नीचे रख दी।

तनुजा ने तुरंत कहा, "अरे, यह लो डोर पकड़ो। पहले क्यों नहीं बताया ? बस ध्यान रखना कि डोर को कसकर पकड़े रहना और उतनी ही ढील देना जितनी जरूरत हो।"

यह कहते हुए तनुजा चरखी को ठीक से संभालने लगी।

लेकिन अभी तनुजा चरखी ठीक से पकड़ भी नहीं पाई थी कि अचानक जैनब जोर से चिल्ला उठा, "आह...!"

तेज़ मांझा उसकी उँगलियों और हथेली को बुरी तरह काट चुका था। कुछ ही क्षणों में उसके हाथ से खून बहने लगा।

जैनब दर्द से कराह रहा था। यह देखकर तनुजा घबरा गई, लेकिन उसने तुरंत खुद को संभाला। तनुजा को समझ में आ गया कि अगर तुरंत कुछ नहीं किया गया, तो खून ज्यादा बह सकता है।

उसने सबसे पहले चरखी को जमीन पर रख दिया और तेजी से जैनब के हाथ से मांझे की डोर अलग की। फिर उसने अपने दुपट्टे का एक सिरा फाड़कर जैनब के घायल हाथ पर कसकर बाँध दिया।

इससे खून का बहना धीरे-धीरे रुक गया। तनुजा की आँखों में चिंता साफ झलक रही थी।

वह बोली, "जैनब, घबराओ मत... सब ठीक हो जाएगा।"

फिर वह तुरंत सीढ़ियों की ओर दौड़ी और नीचे जाकर अपने पापा और बड़े भाई को आवाज़ दी।

"पापा...! जल्दी ऊपर आइए... जैनब के हाथ में चोट लग गई है!"

कुछ ही क्षणों में पापा और भैया छत पर पहुँच गए।

तनुजा ने उन्हें सारी बात बता दी।

पापा ने जैनब को सहारा दिया और बड़े भाई के साथ उसे तुरंत पास के अस्पताल ले गए।

डॉक्टर ने जैनब के हाथ की सफाई की, दवा लगाई और पट्टी बाँध दी।

सौभाग्य से चोट गहरी नहीं थी, इसलिए कुछ ही दिनों में उसका हाथ ठीक होने की उम्मीद थी।

तनुजा अस्पताल के बाहर खड़ी बहुत चिंतित थी। उसे जैनब के दर्द से बहुत दुख हो रहा था।

वह मन ही मन सोच रही थी, "काश, यह हादसा न हुआ होता।"

उस दिन उसने यह भी महसूस किया कि तेज़ मांझा कभी-कभी कितना खतरनाक हो सकता है।

घर लौटते समय उसने जैनब से कहा, “अब हम इतने तेज़ मांझे से कभी पतंग नहीं उड़ाएँगे। खेल का मज़ा तब ही है जब वह सुरक्षित भी हो।”

जैनब ने हल्की मुस्कान के साथ सिर हिला दिया। उस दिन पतंगबाज़ी का उत्साह थोड़ा कम जरूर हो गया था, लेकिन दोस्ती और एक-दूसरे के प्रति संवेदना की डोर और मजबूत हो गई थी।

इस घटना ने दोनों को यह सीखा दिया कि खेलते समय अथवा पतंग बाजी करते हुए सावधानी रखना और दूसरों की मदद के लिए तुरंत आगे आना बहुत जरूरी होता है।

चर्चा के बिन्दु :

1. तनुजा का उत्साह और पतंग सातवें आसमान पर क्यों थे ?
2. क्या तुमने भी कभी पतंग बाजी की है ? अपना अनुभव कक्षा में सुनाओ।
3. जैनब जोर से क्यों चिल्लाया था ?
4. क्या कभी तुम्हें भी खेलते समय चोट लगी है ? कब और कैसे ?
5. क्या आपने कभी अपने किसी साथी की चोट लगने पर मदद की है? कब और कैसे ?
6. हमें दूसरों की मदद क्यों करनी चाहिए ?
7. यह कहानी हमें क्या सीख देती है ?

जीवन कौशल (Life Skill)

तदानुभूति (Empathy): दूसरों के दुख और दर्द को समझना तथा उनकी मदद के लिए आगे आना ही तदानुभूति है। तनुजा ने जैनब की पीड़ा को समझते हुए तुरंत उसकी सहायता की।

अफवाह का सच

रामगढ़ कस्बे के सरकारी विद्यालय में दसवीं कक्षा का छात्र नवल पढ़ता था। नवल पढ़ाई में अच्छा था, लेकिन उसकी सबसे बड़ी विशेषता थी कि वह हर बात को समझने की कोशिश करता था। वह बिना सोचे-समझे किसी बात पर विश्वास नहीं करता था।

एक दिन स्कूल में अचानक एक खबर फैल गई, "सुना है, अगले हफ्ते होने वाली बोर्ड की परीक्षा रद्द हो गई है।"

किसी ने यह बात व्हाट्सएप पर पढ़ी थी और कुछ ही घंटों में पूरी कक्षा में चर्चा शुरू हो गई। कुछ विद्यार्थी खुश हो गए। वे कहने लगे, "वाह ! अब तो पढ़ने की जरूरत ही नहीं।"

पर नवल को यह बात अजीब लगी। उसने सोचा, "इतनी बड़ी बात है, लेकिन स्कूल की ओर से कोई सूचना क्यों नहीं आई ?"

उसने अपने मित्र रवि से पूछा, "तुम्हें यह खबर कहाँ से मिली ?"

रवि ने कहा, "मेरे चचेरे भाई ने भेजी है। उसने लिखा है कि सरकार ने परीक्षा रद्द कर दी है।"

नवल ने मोबाइल लेकर वह संदेश पढ़ा। संदेश में लिखा था, "सरकार ने निर्णय लिया है कि इस साल सभी बोर्ड परीक्षाएँ रद्द की जाएँगी।"

लेकिन उस संदेश में कोई आधिकारिक स्रोत या समाचार का लिंक नहीं था। नवल ने सोचा, "यह तो सिर्फ एक मैसेज है, यह सच भी हो सकता है और झूठ भी।" उसने तय किया कि पहले सत्य की जांच करनी चाहिए। सबसे पहले उसने शिक्षा बोर्ड की आधिकारिक वेबसाइट देखी। वहाँ परीक्षा रद्द होने की कोई सूचना नहीं थी। फिर उसने टीवी समाचार चैनल देखे, वहाँ भी ऐसी कोई खबर नहीं थी। अगले दिन वह स्कूल गया और सीधे अपने शिक्षक से पूछ लिया, "सर, क्या सच में बोर्ड परीक्षा रद्द हो गई है ?"

सर मुस्कराए और बोले, “नहीं बेटा, यह सिर्फ एक अफवाह है। हमने भी सुना है कि सोशल मीडिया पर झूठी खबर फैलाई जा रही है।”

अब नवल को समझ में आ गया कि यह खबर गलत है। उसने अपनी कक्षा में जाकर सभी मित्रों से कहा, “दोस्तों, परीक्षा रद्द नहीं हुई है। मैंने शिक्षा बोर्ड की वेबसाइट और शिक्षक दोनों से पुष्टि कर ली है।”

कुछ विद्यार्थियों को विश्वास नहीं हुआ। वे बोले, “लेकिन हमें तो व्हाट्सएप पर सन्देश मिला है।”

नवल ने शांत स्वर में कहा, “हर व्हाट्सएप संदेश सच नहीं होता। हमें पहले जांच करनी चाहिए।” नवल ने विद्यार्थियों को दिखाया कि शिक्षा बोर्ड की वेबसाइट पर परीक्षा की तिथियाँ अभी भी वही हैं।

अब सभी विद्यार्थियों को समझ में आ गया कि उन्होंने बिना सोचे-समझे अफवाह पर विश्वास कर लिया था।

रवि ने कहा, “ नवल अगर तुम जांच-पड़ताल नहीं करते तो शायद हम पढ़ाई छोड़ देते और परीक्षा में फेल हो जाते।”

नवल मुस्कराया, “इसीलिए हमें हर जानकारी को समझदारी से जाँचना और परखना चाहिए।”

उस दिन के बाद पूरी कक्षा ने एक नियम बनाया, “कोई भी खबर आए, पहले उसकी सच्चाई जरूर जांचेंगे।”

कुछ दिनों बाद परीक्षा हुई और नवल के साथ-साथ उसके मित्रों ने भी अच्छा प्रदर्शन किया। पर सबसे बड़ी सीख यह थी कि सही निर्णय लेने के लिए सोच-समझकर विश्लेषण करना जरूरी है। इसी को आलोचनात्मक सोच कहते हैं।

चर्चा के बिन्दु :

1. नवल को खबर पर तुरंत विश्वास क्यों नहीं हुआ ?
2. उसने खबर की सच्चाई जानने के लिए कौन-कौन से कदम उठाए?

3. यदि नवल भी बिना सोचे-समझे अफवाह पर विश्वास कर लेता तो क्या परिणाम हो सकता था ?
4. सोशल मीडिया पर मिलने वाली हर प्रकार की जानकारी को परखना क्यों जरूरी है ?
5. आपके अनुसार आलोचनात्मक सोच हमारे जीवन में क्यों महत्वपूर्ण है ?

जीवन कौशल (Life Skill)

आलोचनात्मक सोच (Critical Thinking)

इस कहानी में नवल ने बिना जाँचे-परखे व्हाट्सएप के सन्देश और सोशल मीडिया पर फैलाई गई अफवाहों पर विश्वास नहीं किया । सही निर्णय लेने के लिए सोच-समझकर विश्लेषण करना जरूरी है। इसी को आलोचनात्मक जीवन कौशल कहते हैं।

गुस्से पर विजय

सीमा आठवीं कक्षा की छात्रा थी। वह पढ़ाई में तेज थी, लेकिन उसकी एक कमजोरी थी, उसे बहुत जल्दी गुस्सा आ जाता था। अगर कोई उसकी कॉपी छू लेता या कोई मजाक कर देता, तो वह तुरंत नाराज़ हो जाती।

एक दिन स्कूल में खेल के समय उसकी सहेली रीना ने गलती से सीमा की पानी की बोतल गिरा दी। सीमा को बहुत गुस्सा आ गया। वह जोर से चिल्लाई, "तुम हमेशा मेरी चीजें खराब कर देती हो रीना !"

रीना घबरा गई। उसने कहा, "माफ करना सीमा, मुझसे पानी की बोतल गलती से गिर गई।"

लेकिन सीमा का गुस्सा कम नहीं हुआ। उसने रीना से बात करना बंद कर दिया। यह देखकर उनकी कक्षा अध्यापिका ने सीमा को बुलाया।

कक्षा अध्यापिका ने शांत स्वर में पूछा, "सीमा, तुम इतनी नाराज़ क्यों हो?"

सीमा ने कहा, "रीना ने मेरी पानी की बोतल गिरा दी।"

कक्षा अध्यापिका मुस्कराईं और बोली, "क्या उसने जानबूझकर किया ?"

सीमा चुप हो गई। वह जानती थी कि यह गलती से हुआ था।

कक्षा अध्यापिका ने कहा, "कभी-कभी गुस्सा आना स्वाभाविक है, लेकिन हमें यह भी सीखना चाहिए कि गुस्से को कैसे संभालें ।"

उन्होंने सीमा को एक छोटा-सा अभ्यास बताया, "जब भी गुस्सा आए, पहले गहरी साँस लो और दस तक गिनो। फिर सोचो कि क्या वास्तव में इतना नाराज़ होने की जरूरत है।"

सीमा ने उस दिन से यह अभ्यास शुरू कर दिया। कुछ दिनों बाद फिर एक घटना हुई। खेलते समय कक्षा के ही एक लड़के ने गलती से उसकी पेंसिल तोड़ दी।

पहले की तरह सीमा को गुस्सा आने लगा, लेकिन उसे कक्षा अध्यापिका की बात याद आई। उसने गहरी साँस ली और धीरे-धीरे दस तक गिना। अब उसका गुस्सा थोड़ा शांत हो गया।

उसने लड़के से कहा, “कोई बात नहीं, अगली बार ध्यान रखना।”

लड़का बोला, “धन्यवाद, मैं तुम्हें नई पेंसिल दे दूँगा।”

सीमा को आश्चर्य हुआ कि इस बार स्थिति कितनी आसानी से संभल गई। उसने सोचा, “अगर मैं पहले की तरह गुस्सा करती, तो शायद झगड़ा हो जाता।”

अब वह धीरे-धीरे अपनी भावनाओं को समझने लगी। एक दिन उसने रीना से भी माफी मांगी। रीना ने मुस्कराते हुए कहा, “मुझे पता है, तुम जल्दी गुस्सा हो जाती हो। लेकिन अब तुम बदल रही हो।”

सीमा खुश हो गई। अब वह समझ चुकी थी कि गुस्सा और दुख जैसी भावनाएँ स्वाभाविक हैं, लेकिन उन्हें सही तरीके से संभालना ही असली बुद्धिमानी है।

चर्चा के बिन्दु :

1. सीमा को किस बात पर जल्दी गुस्सा आ जाता था ?
2. कक्षा अध्यापिका ने उसे क्या सलाह दी ?
3. गहरी साँस लेने और गिनती करने से क्या लाभ हुआ ?
4. यदि सीमा अपना गुस्सा नियंत्रित न करती तो क्या हो सकता था?
5. आपको गुस्सा कब-कब आता है और क्यों
6. आप गुस्सा आने पर कौन-सा तरीका अपनाते हैं ?

जीवन कौशल :

भावनाओं का प्रबंधन (Coping with Emotions)

इस कहानी में सीमा ने अपने गुस्से पर विजय प्राप्त की, इसी को भावनाओं का प्रबन्धन कहते हैं । जब भी गुस्सा आए, पहले गहरी साँस लो और दस तक गिनो। फिर सोचो कि क्या वास्तव में इतना नाराज़ होने की जरूरत है।

परीक्षा का दबाव

कक्षा दसवीं का छात्र अभिषेक बोर्ड परीक्षा की तैयारी कर रहा था। परीक्षा करीब थी और उसे बहुत तनाव महसूस हो रहा था। वह रोज देर रात तक पढ़ता, लेकिन उसे लगता कि वह सब भूल जाएगा।

एक दिन उसने अपनी माँ से कहा, "मुझे बहुत डर लग रहा है। अगर मैं अच्छे अंक नहीं ला पाया तो क्या होगा ?"

माँ ने प्यार से कहा, "बेटा, मेहनत करना जरूरी है, लेकिन चिंता करना नहीं।"

अभिषेक ने कहा, "लेकिन सभी लोग मुझसे अच्छे अंक की उम्मीद कर रहे हैं।"

अगले दिन स्कूल में उसके कक्षा अध्यापक ने विद्यार्थियों से पूछा, "क्या किसी को परीक्षा का तनाव महसूस हो रहा है ?"

लगभग आधी कक्षा ने हाथ उठा दिया।

कक्षा अध्यापक मुस्कराए और बोले, "तनाव होना सामान्य बात है, लेकिन हमें यह सीखना चाहिए कि इसे कैसे संभालें।"

उन्होंने सभी विद्यार्थियों को कुछ सुझाव दिए। जैसे -

- रोज पढ़ाई का सही समय निर्धारित करो और एक समय-सारणी बनाओ।
- नियमित रूप से अध्ययन करो ताकि परीक्षा के समय कोई अध्याय भार ना लगे ।
- बीच-बीच में आराम भी करो।
- रोज थोड़ा व्यायाम करो ताकि शरीर और दिमाग दुरुस्त रहे ।
- पर्याप्त पोषण युक्त खाना खाओ और पर्याप्त नींद लो।
- परीक्षा को हौव्वा ना समझकर सहजता से लें ।

अभिषेक ने इन सुझावों को अपनाने का निर्णय लिया।

उसने अपनी पढ़ाई के लिए का समय-सारणी बनाई और नियमित रूप से सभी विषयों को समय-सारणी के अनुसार पढ़ना शुरू किया ।

अब वह रोज 45 मिनट पढ़ता और फिर 10 मिनट आराम करता। शाम को वह पार्क में टहलने लगा। धीरे-धीरे उसे महसूस हुआ कि उसका तनाव कम हो रहा है। अब पढ़ाई भी बेहतर तरीके से होने लगी।

एक दिन उसने अपने मित्र से कहा, “पहले मुझे लगता था कि मैं सब भूल जाऊँगा, लेकिन अब मुझे आत्मविश्वास महसूस हो रहा है।”

परीक्षा का दिन आया। अभिषेक थोड़ा घबराया हुआ था, लेकिन उसने गहरी साँस ली और खुद से कहा, “मैंने पूरी मेहनत की है, अब मुझे बस शांत रहना है।”

परीक्षा अच्छी हुई। कुछ महीनों बाद परिणाम आया और अभिषेक ने अच्छे अंक प्राप्त किए। उसने मुस्कराते हुए अपनी माँ से कहा, “अब मुझे समझ में आ गया है कि तनाव से घबराने के बजाय उसे सही तरीके से संभालना चाहिए।”

माँ ने कहा, “यही तो तनाव से निपटना (Coping with Stress) जीवन कौशल है बेटा ।”

चर्चा के बिन्दु :

1. अभिषेक को तनाव क्यों महसूस हो रहा था ?
2. कक्षा अध्यापक ने तनाव कम करने के लिए कौन-कौन से सुझाव दिए ?
3. समय-सारणी बनाने से अभिषेक को क्या लाभ हुआ ?
4. क्या आपने कभी परीक्षा का तनाव महसूस किया है ? आपने उसे कैसे संभाला ?
5. आपके अनुसार तनाव से निपटने के लिए सबसे अच्छा तरीका क्या है ?

जीवन कौशल :

तनाव से निपटना (Coping with Stress)

इस कहानी में अभिषेक ने अपने कक्षा अध्यापक और मम्मी की सूझबूझ से परीक्षा के तनाव से निपटते हुए अच्छे अंकों से परीक्षा को पास किया। इसी को तनाव से निपटना (Coping with Stress) जीवन कौशल कहते हैं, जो हमें जीवन में महसूस होने वाले तनावों से उभरने में मदद करता है।

शब्दों की ताकत

जयपुर के एक विद्यालय में नौवीं कक्षा का छात्र आरव पढ़ता था। आरव बुद्धिमान था, लेकिन वह बहुत कम बोलता था। जब भी उसे कोई समस्या होती, वह उसे व्यक्त करने के बजाय अपने अंदर ही दबाकर रखता था।

एक दिन विज्ञान की कक्षा में अध्यापिका ने समूह परियोजना पर कार्य करने को कहा । चार विद्यार्थियों की टीम बनानी थी और "स्वच्छ ऊर्जा" पर एक मॉडल तैयार करना था। आरव की टीम में कविता, रोहन और निखिल थे।

कविता ने कहा, "हमें सोलर पावर पर मॉडल बनाना चाहिए।"

रोहन बोला, "नहीं, पवन ऊर्जा बेहतर रहेगी।"

सब अपनी-अपनी राय दे रहे थे, लेकिन आरव चुप था।

निखिल ने पूछा, "आरव, तुम क्या सोचते हो ?"

आरव ने धीरे से कहा, "जो तुम लोग ठीक समझो।"

टीम ने पवन ऊर्जा का मॉडल बनाने का निर्णय लिया। पर अगले दिन समस्या खड़ी हो गई। मॉडल बनाने के लिए जिन सामानों की जरूरत थी, वह ठीक से तय नहीं हो पाया था कि कौन क्या सामग्री लाएगा ? टीम के सदस्य एक-दूसरे को दोष देने लगे।

रोहन ने कहा, "तुम लोगों ने सही योजना नहीं बनाई।"

कविता बोली, "तुमने ही तो कहा था कि पवन ऊर्जा बनाते हैं।"

बहस बढ़ने लगी। तभी उनकी अध्यापिका वहाँ आईं। उन्होंने पूछा, "तुम लोग क्यों झगड़ रहे हो ?"

कविता ने अध्यापिका जी को पूरी बात बताई।

अध्यापिका ने शांत स्वर में कहा, "समस्या यह नहीं है कि तुम लोग अलग-अलग विचार रखते हो। समस्या यह है कि तुम लोग सही तरीके से संवाद नहीं कर रहे हो ।"

अध्यापिका ने बोर्ड पर लिखा—"प्रभावी सम्प्रेषण = स्पष्टता + सम्मान + सुनना" फिर उन्होंने कहा, "जब हम अपनी बात स्पष्ट रूप से कहते हैं और दूसरों की बात ध्यान से सुनते हैं, तब गलतफहमियाँ कम होती हैं।"

अध्यापिका ने आरव से पूछा, "तुमने अपनी राय क्यों नहीं दी ?"

आरव ने झिझकते हुए कहा, "मुझे लगा मेरी बात शायद सही न हो।"

अध्यापिका मुस्कराईं और बोली, "हर व्यक्ति की राय महत्वपूर्ण होती है। यदि तुम बोलोगे नहीं, तो दूसरे तुम्हारे विचार कैसे समझेंगे ?"

आरव को पहली बार एहसास हुआ कि चुप रहना भी समस्या बन सकता है। अगले दिन टीम फिर से समूह परियोजना पर कार्य करने के लिए बैठी। इस बार आरव ने कहा, "मुझे लगता है कि हम सोलर और पवन ऊर्जा दोनों को मिलाकर एक मॉडल बना सकते हैं।"

सभी ने ध्यान से उसकी बात सुनी।

रोहन बोला, "यह तो अच्छा विचार है।"

कविता ने कहा, "हाँ, इससे हमारा मॉडल और रोचक बनेगा।"

अब टीम ने मिलकर योजना बनाई। हर सदस्य को एक-एक काम दिया गया। सम्बन्धित सामग्री की व्यवस्था करने की जिम्मेदारी सभी को दी गई । कुछ दिनों में उनका मॉडल तैयार हो गया। प्रदर्शनी के दिन जब शिक्षक और विद्यार्थी मॉडल देखने आए, तो सभी उनकी सराहना करने लगे। अध्यापिका ने मुस्कराते हुए कहा, "देखा, जब तुम लोग स्पष्ट और सम्मानजनक तरीके से संवाद करते हो, तो काम कितना आसान हो जाता है।"

आरव ने महसूस किया कि सही मौके पर उचित शब्दों का चयन और सही तरीके से अपनी बात को रखने से किसी भी समस्या को हल किया जा सकता हैं। उस दिन के बाद वह अपनी बात खुलकर, लेकिन सम्मानपूर्वक तरीके से कहना सीख गया।

चर्चा के बिन्दु :

1. आरव अपनी राय क्यों नहीं देता था ?

2. टीम में झगड़ा किस कारण हुआ ?
3. अध्यापिका ने प्रभावी संचार के कौन-से तीन तत्व बताए ?
4. आरव ने बाद में अपनी बात कैसे व्यक्त की ?
5. प्रभावी सम्प्रेषण कौशल हमारे जीवन में क्यों महत्वपूर्ण है ?

जीवन कौशल :

प्रभावी सम्प्रेषण (Effective Communication)

इस कहानी में आरव और उसके साथियों ने कक्षा अध्यापिका की सलाह पर आपस में बेहतर संवाद करके समूह परियोजना कार्य को सफलता पूर्वक पूरा किया । इसी को प्रभावी सम्प्रेषण (Effective Communication) कौशल कहते हैं ।

दोस्ती का पुल

एक छोटे शहर के विद्यालय में दो विद्यार्थी पढ़ते थे। नाम था, अनुज और सलीम। दोनों अलग-अलग स्वभाव के थे। अनुज शांत और पढ़ाकू था, जबकि सलीम मिलनसार और हँस मुख था। शुरुआत में दोनों एक-दूसरे से ज्यादा बात नहीं करते थे।

एक दिन खेल के समय फुट बॉल खेलते हुए दोनों की टक्कर हो गई और अनुज गिर पड़ा। सलीम तुरंत उसके पास आया और बोला, "माफ करना, तुम्हें चोट तो नहीं लगी ?"

अनुज ने कहा, "नहीं, मैं ठीक हूँ।"

उस दिन के बाद सलीम अक्सर अनुज से बात करने लगा। धीरे-धीरे दोनों में दोस्ती हो गई। एक दिन स्कूल में समूह गतिविधि हुई। अनुज और सलीम को एक ही टीम में रखा गया। टीम में कुछ विद्यार्थी आपस में बहस करने लगे। कोई कह रहा था कि यह काम ऐसे होना चाहिए, तो कोई कह रहा था कि वैसे।

अनुज थोड़ा असहज हो गया। तभी सलीम ने सभी से कहा, "हम सब एक टीम हैं। अगर हम एक-दूसरे की बात सुनेंगे तो काम जल्दी हो जाएगा।"

सलीम ने हर सदस्य से उनकी राय पूछी। सबकी बातें सुनने के बाद उसने कहा, "हम सब के सुझावों को मिलाकर एक योजना बनाते हैं।"

अब सभी विद्यार्थी शांत हो गए। अनुज ने देखा कि सलीम लोगों को जोड़ने में बहुत अच्छा है।

उसने पूछा, "तुम सबके साथ इतनी अच्छी तरह कैसे घुल-मिल जाते हो ?"

सलीम मुस्कराया, "मैं बस यह कोशिश करता हूँ कि हर व्यक्ति का सम्मान करूँ और उसकी बात ध्यान से सुनूँ।"

अनुज को यह बात बहुत अच्छी लगी। धीरे-धीरे उसने भी दूसरों से खुलकर बात करना शुरू किया।

अब वह समझ गया था कि अच्छे संबंध बनाने के लिए एक-दूसरे में विश्वास, सम्मान और सहयोग जरूरी है। कुछ महीनों बाद स्कूल में एक प्रतियोगिता हुई। अनुज और सलीम की टीम ने मिलकर शानदार प्रदर्शन किया और प्रथम स्थान प्राप्त किया। प्रधानाचार्य ने कहा, "तुम्हारी सफलता का कारण सिर्फ मेहनत नहीं, बल्कि तुम्हारा आपसी सहयोग और अच्छे संबंध हैं।"

दोनों मित्र मुस्कराए। उन्हें समझ आ गया था कि अच्छे संबंध जीवन को आसान और खुशहाल बनाते हैं।

चर्चा के बिन्दु :

1. अनुज और सलीम के स्वभाव में क्या अंतर था ?
2. सलीम ने टीम में झगड़ा कैसे शांत किया ?
3. अच्छे संबंध बनाने के लिए कौन-कौन से गुण आवश्यक हैं ?
4. अनुज ने सलीम से क्या सीखा ?
5. अच्छे अंतरव्यक्तीय संबंध हमारे जीवन में क्यों महत्वपूर्ण हैं ?

जीवन कौशल :

अंतर वैयक्तिक कौशल अथवा पारस्परिक कौशल (Interpersonal Skills)

अंतर वैयक्तिक कौशल लोगों के साथ व्यवहार करने की योग्यता है। ये वे सामाजिक गुण और व्यवहार हैं, जो दूसरों के साथ प्रभावी ढंग से संवाद करने, संबंध बनाने, सहयोग करने और टीम में मिल-जुलकर काम करने में मदद करते हैं। इस कहानी में अनुज सलीम से सीखता है कि अच्छे संबंध बनाने के लिए एक-दूसरे में विश्वास, सम्मान और सहयोग जरूरी है।

सही रास्ता

कक्षा दसवीं का छात्र करण पढ़ाई में अच्छा था। लेकिन वह अक्सर निर्णय लेने में उलझ जाता था। एक दिन उसके कुछ मित्रों ने कहा, "चलो आज स्कूल के बाद फिल्म देखने चलते हैं।"

करण को भी फिल्म देखना पसंद था, लेकिन अगले दिन उसकी गणित की परीक्षा थी। वह दुविधा में पड़ गया। एक तरफ दोस्त थे, दूसरी तरफ परीक्षा।

उसने सोचा, "अगर मैं फिल्म देखने गया तो पढ़ाई नहीं हो पाएगी।"

लेकिन फिर उसने सोचा, "अगर मैं नहीं गया तो दोस्त क्या सोचेंगे ?"

शाम को उसने अपने पिताजी से बात की।

पिताजी ने कहा, "निर्णय लेने से पहले यह सोचो कि कौन-सा विकल्प तुम्हारे लिए उचित और जिम्मेदार है।"

पिताजी की बात सुनकर करण ने कागज पर दो कॉलम बनाए। पहले में लिखा, फिल्म देखने के फायदे और दूसरे में लिखा, फिल्म देखने के नुकसान

फिल्म देखने के फायदे:

- दोस्तों के साथ मज़ा आएगा।
- मनोरंजन हो जाएगा ।

फिल्म देखने के नुकसान:

- परीक्षा की तैयारी कम हो जाएगी।
- ए समय दुबारा नहीं आएगा ।

अब उसने सोचा, "परीक्षा ज्यादा महत्वपूर्ण है।"

करण ने अपने मित्रों से कहा, "मैं आज नहीं आ सकता, क्योंकि मुझे परीक्षा की तैयारी करनी है।"

शुरू में दोस्तों ने मजाक किया, लेकिन बाद में उन्होंने उसकी बात समझ ली।

अगले दिन परीक्षा हुई और करण ने अच्छा प्रदर्शन किया।

जब परिणाम आया, तो उसे कक्षा में सबसे अधिक अंक मिले।

दोस्तों ने कहा, "उस दिन तुमने सही निर्णय लिया था करण ।"

करण मुस्कराया। अब उसे समझ में आ गया था कि सही निर्णय वही होता है जो जिम्मेदारी और समझदारी के साथ लिया जाए।

चर्चा के बिन्दु :

1. करण किस दुविधा में था ?
2. उसने निर्णय लेने के लिए कौन-सा तरीका अपनाया ?
3. Karan के पिताजी ने उसे क्या सलाह दी ?
4. यदि करण फिल्म देखने चला जाता तो क्या हो सकता था ?
5. निर्णय लेने से पहले किन बातों पर विचार करना चाहिए ?
6. क्या आपने कभी करण जैसी दुविधा का सामना किया ?

पुल का समाधान

एक गाँव में बरसात के मौसम में एक बड़ी समस्या खड़ी हो जाती थी। गाँव के पास की नदी में पानी भर जाता और स्कूल जाने वाला रास्ता बंद हो जाता। बच्चों को स्कूल जाने में बहुत परेशानी होती। गाँव के विद्यार्थी इस समस्या से परेशान थे। उनमें से एक छात्र दीपक ने सोचा, "क्या इसका कोई समाधान नहीं हो सकता ?"

उसने अपने मित्रों से कहा, "हम सिर्फ शिकायत करने के बजाय कोई समाधान खोजते हैं।"

सबने मिलकर समस्या पर विचार किया। पहले उन्होंने समस्या को स्पष्ट किया. समस्या थी : बरसात में नदी पार करना कठिन हो जाता है।

फिर उन्होंने संभावित समाधान सोचे—

- अस्थायी लकड़ी का पुल बनाना।
- बरसात के दिनों में नाव की व्यवस्था करना।
- स्कूल जाने के लिए दूसरा लंबा रास्ता अपनाना।

सभी विद्यार्थियों ने इन विकल्पों के फायदे और नुकसान पर चर्चा की। आखिर में उन्होंने तय किया कि अस्थायी लकड़ी का पुल बनाना सबसे अच्छा समाधान होगा। उन्होंने नदी पर अस्थायी लकड़ी का पुल बनाने का यह प्रस्ताव गाँव के सरपंच के सामने रखा।

सरपंच ने कहा, "अगर तुम लोग योजना बनाओगे तो हम गाँव वाले भी मदद करेंगे।" कुछ ही दिनों में गाँव वालों ने मिलकर एक मजबूत लकड़ी का पुल बना दिया। अब बच्चे आसानी से स्कूल जा सकते थे। प्रधानाचार्य ने दीपक और उसके मित्रों की प्रशंसा करते हुए कहा, "तुम लोगों ने समस्या को समझा, उस पर विचार किया और समाधान ढूँढा। यही असली समस्या समाधान कौशल है।"

दीपक मुस्कराया। उसे एहसास हुआ कि हर समस्या का समाधान होता है, बस हमें धैर्य और समझदारी से सोचना चाहिए।

चर्चा के बिन्दु ;

1. गाँव के बच्चों को कौन-सी समस्या का सामना करना पड़ रहा था?
2. दीपक ने समस्या को हल करने के लिए क्या कदम उठाए ?
3. बच्चों ने कौन-कौन से संभावित समाधान सोचे ?
4. अंत में उन्होंने कौन-सा समाधान चुना ?
5. समस्या समाधान कौशल हमारे जीवन में क्यों आवश्यक है ?

जीवन कौशल :

समस्या समाधान (Problem Solving)

इस कहानी में विद्यार्थियों, गाँव के लोगों और सरपंच ने मिलकर बरसात के दिनों में नदी में बहुत पानी भर जाने के करण बच्चों के स्कूल न जा पाने की समस्या को पहचानकर उसका समाधान मिल-जुलकर किया । यही समस्या समाधान कौशल है।

आभार संदेश

किसी भी पुस्तक का निर्माण सिर्फ लेखक के एकाकी प्रयास का परिणाम नहीं होता, बल्कि यह अनेक व्यक्तियों के सहयोग, प्रेरणा और विश्वास का समन्वित प्रतिफल होता है। “कहानियों के आईने में जीवन कौशल” (21वीं सदी के जीवन कौशलों पर आधारित कहानियाँ) कहानी संग्रह भी इसी सामूहिक सहयोग और प्रेरणा की उपज है। इस पुस्तक के प्रकाशन के अवसर पर मैं उन सभी व्यक्तियों और संस्थाओं के प्रति अपनी हार्दिक कृतज्ञता व्यक्त करना चाहता हूँ, जिनके सहयोग, मार्गदर्शन और प्रोत्साहन ने इस कार्य को संभव बनाया।

सबसे पहले मैं अपने माता-पिता और परिवार के सदस्यों के प्रति गहरा आभार व्यक्त करता हूँ, जिन्होंने मुझे सदैव शिक्षा, संवेदनशीलता और मानवीय मूल्यों के प्रति सजग रहने की प्रेरणा दी। उनके स्नेह, संस्कार और विश्वास ने ही मुझे समाज और शिक्षा के विविध पक्षों को समझने की दृष्टि प्रदान की। परिवार का यह नैतिक संबल मेरे लेखन की आधारशिला रहा है।

मैं अपने सभी शिक्षकों और मार्ग दर्शकों का भी विशेष रूप से आभारी हूँ, जिन्होंने ज्ञान के साथ-साथ जीवन को समझने की दृष्टि दी। शिक्षकों के सान्निध्य में यह अनुभव हुआ कि शिक्षा केवल पाठ्य पुस्तकों तक सीमित नहीं होती, बल्कि वह जीवन के अनुभवों, विचारों और मूल्यों से भी निर्मित होती है। यही प्रेरणा इस कहानी संग्रह के मूल भाव में भी दिखाई देती है, जहाँ कहानियों के माध्यम से जीवन कौशलों को सरल और प्रभावी ढंग से प्रस्तुत करने का प्रयास किया गया है।

शिक्षा के क्षेत्र में कार्य करते हुए मुझे अनेक विद्यार्थियों, शिक्षकों और अभिभावकों से संवाद करने का अवसर मिला। उनके अनुभवों, प्रश्नों और

जीवन की वास्तविक परिस्थितियों ने मुझे यह समझने में सहायता की कि बच्चों के समग्र विकास के लिए केवल विषयगत ज्ञान पर्याप्त नहीं है। उन्हें ऐसे जीवन कौशलों की भी आवश्यकता है जो उन्हें आत्मविश्वासी, संवेदनशील और विवेकशील नागरिक बनने में सहायता करें। इसी अनुभव ने इस कहानी संग्रह को लिखने की प्रेरणा प्रदान की।

मैं अपने सहकर्मियों और शिक्षा के क्षेत्र से जुड़े उन सभी साथियों का भी धन्यवाद करता हूँ, जिनके साथ हुए विचार-विमर्श और संवाद ने इस पुस्तक की अवधारणा को समृद्ध किया। उनके सुझावों और अनुभवों ने मुझे यह सोचने के लिए प्रेरित किया कि किस प्रकार कहानियों के माध्यम से बच्चों में स्व-जागरूकता, समस्या समाधान, सृजनात्मक चिंतन, क्रिटिकल थिंकिंग और दृढ़ता जैसे जीवन कौशलों को विकसित किया जा सकता है।

इस पुस्तक के लेखन और संपादन की प्रक्रिया में जिन मित्रों और शुभचिंतकों ने अपने विचार और सुझाव साझा किए, मैं उनका भी विशेष रूप से आभारी हूँ। उनके प्रोत्साहन और सकारात्मक प्रतिक्रिया ने मुझे इस कार्य को और अधिक परिष्कृत रूप देने के लिए प्रेरित किया। किसी भी रचनात्मक कार्य में पाठकों और समीक्षकों के विचार लेखक के लिए अत्यंत महत्वपूर्ण होते हैं।

मैं उन सभी विद्यार्थियों के प्रति भी अपना आभार व्यक्त करना चाहता हूँ, जिनकी जिज्ञासाएँ, संवेदनाएँ और जीवन के छोटे-छोटे अनुभव इस पुस्तक की कई कहानियों की प्रेरणा बने। बच्चों की सहजता, उनकी कल्पना शक्ति और जीवन को देखने का उनका सरल दृष्टिकोण हमें यह सिखाता है कि सीखना केवल कक्षा तक सीमित नहीं होता, बल्कि जीवन के हर अनुभव में छिपा होता है।

इस पुस्तक के प्रकाशन में सहयोग देने वाले सभी प्रकाशन सहयोगियों, डिज़ाइनर, संपादक तथा तकनीकी सहयोग प्रदान करने वाले व्यक्तियों का

भी मैं हृदय से धन्यवाद करता हूँ। उनके परिश्रम और समर्पण के बिना इस पुस्तक को पाठकों तक पहुँचाना संभव नहीं होता।

अंत में, मैं अपने पाठकों के प्रति विशेष रूप से आभारी हूँ। किसी भी लेखक के लिए पाठक ही उसकी सबसे बड़ी प्रेरणा होते हैं। पाठकों का विश्वास और उनकी सकारात्मक प्रतिक्रिया ही लेखक को निरंतर लिखने और बेहतर करने की प्रेरणा देती है। मेरी आशा है कि *"कहानियों के आईने में जीवन कौशल"* की ये कहानियाँ बालक-बालिकाओं, शिक्षकों और अभिभावकों के लिए उपयोगी सिद्ध होंगी तथा बच्चों में जीवन कौशलों के विकास की दिशा में एक सार्थक भूमिका निभाएँगी।

यदि इस पुस्तक की कहानियाँ बच्चों के मन में आत्मविश्वास, संवेदनशीलता, रचनात्मकता और सकारात्मक सोच के साथ समालोचनात्मक चिन्तन का एक छोटा-सा बीज भी बो सकें, तो मेरे लिए इससे बड़ा संतोष और कोई नहीं होगा।

इसी विश्वास और कृतज्ञता के साथ मैं इस पुस्तक को अपने सभी पाठकों और सहयोगियों को समर्पित करता हूँ।

— नवल किशोर सोनी

9 789357 795821

Printed at Repro India Ltd.